李曙白/著

大 / 野

ZHEJIANG UNIVERSITY PRESS
浙江大学出版社
·杭州·

李曙白（2014 年 5 月，卢绍庆摄）

李曙白与母亲顾婉芬（1985 年，杭州）

李曙白（后排右二）与岳父母、妻子、妻弟夫妇、妻妹夫妇（1983年，杭州）

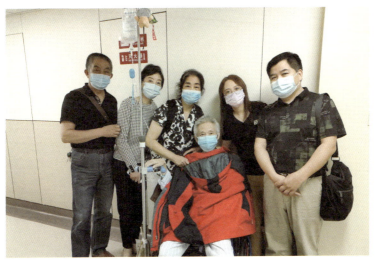

李曙白（中）与妻子、弟弟、弟媳、表妹、表妹夫（2022年6月，浙一医院）

李曙白（中）与浙大校友在大峡谷（2017年9月，美国）

李曙白在麦地拍照（2017年9月，美国）

李曙白在太浩湖边（2017 年 10 月，美国）

李曙白（左）与唐晓渡（2013 年 12 月，杭州茅家埠，卢绍庆摄）

李曙白诗集书影

［上排左起：《穿过雨季》（1995）、《大野》（2004）、《夜行列车》（2014）；
下排左起：《沉默与智慧》（2018）、《临水报告厅》（2018）、《李曙白诗选》
（自印，2022）］

一代人的写作和李曙白的诗

　　我和曙白同属一代人。这里"一代人"的内涵比通常理解的年齿相近、经历相类好像要宽一些，但换个角度，又似乎要窄得多——也许说宽论窄皆不相宜，需要寻找另外的尺度；至于是什么尺度，却一时说不好。想必曙白也记得，当年意外重获高考机会，进校不久，正值思想解放大潮涌动，全国若干所高校的文学社团曾联合主办过一期（创刊号也是终刊号）民刊，刊名就叫《这一代》。我至今仍珍藏着那本白皮红字的宝贝，有时觉得已成文物，有时又觉仍然新鲜。这种在过去和未来之间转换不已的感觉每每令我产生某种冲动，认为"这一代"三个字需要重读或者大写，以突出其作为特殊历史标识的意义。但愿这不是出于被放大的自恋或历史幻觉，包括苦难的幻觉和"以天下为己任"的幻觉。

　　曾有属于"70后"的小朋友和我一起聊天后忽然大发感慨："你们这代人太幸运了！跨时代生存，阅历那么丰富，真令人羡慕！"说来令人哭笑不得，他最羡慕的竟是我谈到的"文革"和插队经验，"后来人大概永远也不可能再有那样的体验了"。我不会责备他的幼稚无知（一代人自有一代人成熟的方式和路径），却从他的话中再次强烈感受到，我所从属的这代人很可能确实具有"特殊历史标识的意义"。反正我们绝不会对我们的父辈说同样的话。

然而，"跨时代生存"难道不也是我们的父辈所经历的吗？在不涉及对立面（及其转化）和个体差异的情况下，无论指陈的是外部事件还是心路历程，但凡能构成我们这代人命运标识的，不也大都能构成他们那代人的命运标识吗？第二次世界大战后东西方世界的分裂（冷战）、"政治挂帅"、日常化的思想整顿、"大跃进"、"以阶级斗争为纲"、"文革"、上山下乡、粉碎"四人帮"、改革开放、苏联解体、后冷战；对"革命"的无限向往、对事业的狂热忠诚、对成为异己的恐惧、对主体幻觉的偏执、理想的破灭、信念的迷失、历史的反省、价值的碎片化、"娱乐至死"和"泛市场化"的梦魇，如此等等——就人生在世可能遭遇的命运而言，大概很少有像我们这两代人，不得不置身所谓"时代的风口浪尖上"，共同经历如此多的大起大落、大悲大喜，如此忽而炉膛、忽而冰窟的身心磨难，如此既不可预测又形如宿命，热闹到极致也荒诞到极致的戏剧性变化。那么，我们据何言"代"，凭什么和"他们"相区别？

那位"70后"小朋友的话现在成了另一个方向的提示。不错，正是"文革"和插队经验决定了我们和父辈的分野——不只是经验本身，更重要的是对它们的持续反思。在被给定的历史条件下，由于人生阶段和角色的不同而有所选择，形成不同性质、不同强度的集体记忆是一回事，基于有关的记忆展开更广阔的人文思考，在这种思考中不断重构新的感知、行为和语言方式，乃至新的世界图像是另一回事（这里同样不涉及个体的差异）。在某种意义上，可以说"文革"和插队经验及相关反思是我们这代人"有效历史"的最重要的里程碑。在经历了青春岁月的大起大落之后，我们不得不在悬崖尽头般的历史转折中，在一片触目的精神废墟中寻找新的地平线。这样的历史转折，这样的精神废墟，这样的地平线，仍然是我们和我们的父辈共有的；我们的幸运仅仅在于其时还足够年轻，身体里还鼓涌着足够的"力比多"，还来得及从惨痛的历史教训中起身，面对新的人生机遇和可能的前景重新学习：不是学习怎样臻于"苦难的辉煌"，而是学习怎样回到生活的常识和自己的内心，怎样如其所是地言说和倾听，怎样以独立思考和判断达成精神自治，怎样克制不可遏止的沉沦冲动，怎样一点点化解血液和语言里的毒素，怎样做一个诚实的劳动者、一个合格的公民、一个俯仰之间知道感恩天地亲友的人。正是这样的学习过程使我们与父辈渐行渐远又渐行渐近；正是这样的学习过程，使"红卫兵一代"成为"反思的一代"，又使"反思的一代"成为"自救的一代"（这里再次不涉及个体的差异）。"70后"的小朋友注意了，假如这代人真有什么值得你们羡慕的话，那没有别的，一定是他们的学习和"自救"意志——虽然你们同样不缺少这样的意志，虽然我知道你们一直在行使着你们的意志，并祈愿你们做得更好。

或问：你这样喋喋不休扯了半天"一代人"，和曙白的诗有什么关系？当然有关系。事实上我一直没有离开曙白的诗；更具体地说，正是《在夜行列车上》一诗，引发了我以上的喋喋不休：

偶尔闪过的灯
延伸夜的宽阔

谁的手牵引我们

在这苍茫的夜色中赶往某个地方

……

当岁月的鞭影

一再在我们的头顶晃动

我们已经习惯于提上行囊

迫不及待地选择一趟列车

把地图上的某个圆点

当作一次旅行的归宿

在车轮与铁轨撞击的响声中

我再一次取出车票

审视那个陌生的站名

多么熟悉的反思情境！"列车"曾经总和"时代"焊接在一起。那是个霸道的"大词"，笼罩了整整两代人的爱和怕：爱它的钢筋铁骨，一日千里；怕它的无情无义，灭人无形。曙白笔下的"夜行列车"自然大大有别于那个令人生畏的蒙面怪物，不过，透过"谁的手牵引我们"和"一再在我们的头顶晃动"的"岁月的鞭影"，这一在虚实间闪烁的命运隐喻仍足以显示出同一种威势在二者间运行的踪迹。诗中的"我"并没有自外于"迫不及待地选择一趟列车"的集体愚行，但"再一次取出车票／审视那个陌生的站名"，还是表明了"我"独到的警醒。犹如满把瘪谷中一颗饱满的籽粒，这形象令我感到亲切，因为警醒意味着时刻准备做出判断和选择；因为在很大程度上，这正是我们这一代的形象。

同样令我感到亲切的还有《江边秋意》一诗。诗不长，照录如下：

　　　　江水凉了　有人在喊
　　　　凉得咬手指了

　　　　苇叶就黄了
　　　　芦花就白了
　　　　黄的叶白的花随江风起伏

　　　　把木船泊在江岸
　　　　归来的人
　　　　一身芦絮如霜

　　其凝练淳厚、不着痕迹堪比古典绝句，笔笔真切，又笔笔写意：那江水，那木船，那苇叶芦花，那身披如霜芦絮归来的人。如果说在我眼中，这以一派萧瑟为背景，凝聚着满目苍凉的归来者，多多少少也是一代人写照的话，那么换个角度，亦不难从中辨认出我们父辈（以至父辈的父辈，父辈的父辈的父辈……）的身影。眼前《江边秋意》上就叠映着另一首诗，那是前辈诗人、曙白父亲沙白先生的《秋》：

　　　　湖波上
　　　　荡着红叶一片
　　　　如一叶扁舟

上面坐着秋天

此诗当年曾与《大江东去》《水乡路》等一起，令沙白先生名动一时，并在他多年后的《红叶》一诗中再次得到呼应："风，把红叶／掷到脚跟前。／噢，秋天！／绿色的生命也有热血，／经霜后我才发现……"回头看去，在不细究风格差异及背后"本事"的前提下，说这是曙白的少作，似也无不可。就这样，两代人的命运，同一种心路历程，经由不同人生阶段对秋意的不同辨识和体悟，被有机地融合在一起；至于其间的酸甜苦辣，却又只能是各人（包括读者在内）抉心自食，暗下品味了。

远不止《江边秋意》，诗集中涉笔秋天的可谓在在都是。且不论意绪和调性，仅从标题上看，就还有《深秋的河流》《深秋的乡村》《秋望》《秋天的谷穗》《九月之夜》《十一月的田野》等。以曙白的年龄和阅历，如此集中地处理秋天主题丝毫不会令人感到奇怪，真正值得关注的是其不同层面上的发现及其呈现方式。据此我想特别拈出《收获》一诗——不仅因为这首诗以其独特的结构，在收藏诗人的相关发现方面具有总体概括的性质，而且因为"收获"正是秋天主题的核心意旨，是使青春、磨难和永逝的岁月结穴成果的枢机所在：

当我们学会从原野中采集花朵
从一片树林获得果实

当我们不再需要证明秋天
当我们关闭谷仓

把弯下腰捡起一枝谷穗当作幸福

当我们把贝壳还给大海 把水还给河流
把姓名还给父母 把一生
还给泥土和吹过草叶上的风

　　不需要特别的敏感也能发现，全诗其实只是一个句子；若做严格的句法分析，应该说不过是一系列条件从句，因主句始终阙如，只能算半句，甚至小半句。昔北岛曾因"一字诗"（标题：生活；正文：网）而受到包括艾青在内的同行诟病，那么，曙白的这首"半句诗"又将如何？从我的阅读视野来说，遭遇类似的案例并非首次，但若论"运用之妙，存乎一心"，以至臻于"不着一字，尽得风流"的境界，则迄今罕有出其右者。事实上，这首诗的标题和三个条件从句已如冰山露出水面的部分，暗含或启示了水面下庞大的主体（句）；不说出是因为无须更多说出，是因为说出的再多，也不会比未说出或说不出的更多。此人生精义所在，亦诗之精义所在。仅就说出的而言，其"开—阖—开"的内在结构本身就已足够意味深长。尤其是末节一连四个"还给"，由远及近，所言皆为在世的根本；将此根本之物悉数奉还（西谚所谓"恺撒的归恺撒，上帝的归上帝"），既反衬了前两节，使表面平凡的获得更显真实和难能可贵，又渐次敞向我们的所来和所往之处，敞向哲学或本体意义上的虚无。如此豁达、旷远和本真的胸襟——我不知道还有什么比这更大的"收获"，且更能阐明"自救"的真正含义了。
　　是否可以基于这首诗的独特结构，将其作为某种模型来阅读曙白的全部作品？由此，那说出、未说和说不出所牵动的，当远远超出一个人可能的经验、记忆、想象和感悟。这样说并无指称曙白的诗是在为一代人立言的意思（曙白本人也未必有这样的意愿），而是意在提示，一个经过了诗人高度抽象并被高度形式化了的个体语言世界，是怎样既与他曾经和未曾经验过的、更为广阔的现实生活世界，又与始终吸引着他和他的劳作，并经由他和他的劳作而凝聚，而显形，而得以传续的、超现实的精神世界致命地关联在一起的。前者是命运，后者是对命运的讽刺和包容；前者的重心在于"不得不如此"的承纳，后者的重心在于"必须如此"的信念；前者的时空是一过性的，后者的时空则更多地指向人人向往的"永恒"。在我看来，无论曙白的语言姿态怎样低调（可以低到"匍匐"的程度），怎样自甘边缘（可以边缘到自认"是贴在门板上的门神 对世事的关注／像一张纸那样薄"的程度），他的诗都当得起上述的提示。这固然是指我们可以从中轻易发现反向对称的元素，比如或寂然独栖或振翮高举的飞鸟意象，比如或迎风伫立或踢踏待发的马匹意象，包括对黑陶之不朽的礼赞、与《诗经》的彼此涵泳等，更是指他总能恰如其分地把握住二者的边界及由此生成的张力，据此经营不同的情境，并锻造其节制、洗练、平和、超迈的总体风格。典型的如《大河以北》：

> 大河以北　一片
> 宽阔辽远的大平原
> 曾经是我所有的食粮
> 供养和藏存之地

无论是春天还是秋天
庄稼总是令人信赖地生长
它们从天际的一端奔涌而来
向天际的另一端奔涌而去

大河以北　一口水井
那样浅　只不过一夜小雨
它就盈盈地溢出
村庄在黝黯中匍匐
像一只怕冷的猫

大河以北
一杯隔夜的茶
凭谁品味？

必须承认，在收入诗集《夜行列车》的全部作品中，我更喜欢或更令我感动的，还是那些基于农事经验的诗。这不是因为它们写得更好、更具匠心，而是因为它们更深地触及事物和诗的根本，更能见出诗人的襟怀和性情。当然，共同的插队经历使我很容易与之产生共鸣，可是，假如相关的记忆没有被诗歌之光从内部照亮，假如它们没有经由诗人之手得到点铁成金式的转化，那段经历就只能如曙白笔下的村庄一样，"像一只怕冷的猫"，继续"在黝黯中匍匐"；那些深具原型意味的事件，诸如一枚遗落路边的谷穗，一把插在地里的铁锹，一个村口披雪的草堆，一声直立在空旷田野上的吆喝，就不会像梵高的《一双鞋》之于海德格尔那样，突然重新擦亮我们的眼睛，并惊动我们的灵魂。海子发现了当代"农事诗"新的可能性，而曙白和其他的一些诗人拓展了这种可能性；相比之下，我更赞赏曙白在这方面的探索。这不是说他对农事经验的发掘没有包含一段刻骨铭心的乡愁，而是说他的表达远远超出了通常所谓的"乡愁"。如果说农事之于他是早已归入逝川的遥远，乡愁之于他是注定无可摆脱的悠远，那么，他更关心的，显然是怎样把这时间之远和空间之远转化为诗境之"远"：既包括《大河以北》所展示的平远，也包括《风暴过去》所呈现的高远、《深秋的河流》所致力的深远——在很大程度上，正是这三首所综合体现的"三远"之境奠定了诗集的基本格局、气象和调性，从中不仅可以切实地把握住其风格的核心要素，其能量和活力的源头，而且可以领略到一个人和他的诗安身立命的内在尺度，领略到写作是怎样凝聚起他与他的命运之间不分彼此的敲打和参悟，从而使诗成为他们既各自馈赠给对方，同时也邀请我们共享的礼物。在我的理解中，没有比这更珍贵的礼物了。

据持"三远"之境（镜）有助于更深地进入曙白的作品，进入他倾心的事物、他与历史和传统的关联、他的人格追求、他的内在矛盾、他的修辞特点、他文本中的大片"留白"，甚至他言说的节奏，一种由于倾向匀速运动所形成的"慢"。由此再反观他的"农事诗"，可知其处理的与其说是记忆中事，不如说是当下情怀；或者说前者穿越了时空之幕，一直延伸进了后者，进而和他那些挣脱了题材或分类学限制的其他作品构成了互文，构成了他内涵复杂的诗歌世界。这里，所谓"跨时代生存（和写作）"的概念似乎远远不够用了，得说"跨文明生存（和写作）"。在我看来，后者较之前者更能标示这一代写作者的独特性，更能阐明其作为"特殊历史标识"的价值和意义。

然而这是个太大的命题,必须另文处理。我很高兴以曙白的诗歌世界来破题。另外,"跨时代"也好,"跨文明"也好,都只是诗歌存在的语境,而不会自动产生诗歌。诗自有其存在的理由。未来的诗人们或许不会再有谁会写下诸如"把木船泊在江岸",或"那时候一株棉花的温暖 / 就是我们全部的温暖",或"我清楚粮食的重量 / 只要一小碗 / 就能让我的胸口压着一座山 / 在一个早春的黄昏 / 窒息 或者热泪盈眶"这样的诗句,不会再有谁发出"那些捡拾谷穗的孩子呢? / 那些一再弯腰 / 让空旷岑寂的土地 / 在沉重中感觉温暖的孩子呢?"式的追问,但他们绝不会忘记诗歌存在的自身理由;而诗也会一再提醒我们注意这一理由——那是有关大写的"存在"(BEING)和诗歌自身的双重提醒:

> 有许多东西正在被尘土掩埋
>
> 被尘土掩埋的有一天
>
> 还会像庄稼一样钻出土层重新生长
>
> (《穿过田野的乡路》)

是否可以将这里的"被尘土掩埋"和《风暴过去》中的"一颗星星 / 或者是谁举起的一盏灯"对称看待?其相互转化的可能则取决于联通二者的宁静,而"宁静"于此和"远"差不多是一回事:

> 风暴过去 一颗星星

或者是谁举起的一盏灯

在远处的山冈上照耀

还有什么比宁静更加宽广

我们期待的生活　幸福和梦想

像我手心的掌纹一样清晰

静坐在夜色中的旷野上

风暴之后　我和大地

重新回到相互倾听的姿势

　　不知为什么，此诗中"一盏灯"的意象从一开始就令我格外着迷。其后它又在《灯》《深巷》等诗中一再远远出现，并顽强地与诗集中同样反复出现的"归来者"或对"归来"的祈愿彼此叠映。或许正由于远，这盏灯始终和持灯人的形象混而不分，犹如叶芝所言的舞蹈和舞者一样。最终我意识到，真正令我着迷的与其说是那盏灯，不如说是它与曾经的风暴，以及在它四周弥漫的夜色的关系。同样的关系也体现于《留白》一诗，尽管表达的向度截然相反。在这首诗中，作者也是读者；而他说出的，正是我试图说、正在说的：

无墨之墨

它可能是云

也可能不是

它可能是你走过的山冈
一块向阳面上光亮的石头
也可能不是

它可能是一条大河
浩荡　　悠远　　流淌的水
无迹无痕
也可能不是

也可能它就是空
就是什么也不是

有一点我们可以肯定
在那儿　你不能
再放进任何一件物品

　　从辽远到"空"的方向往回看，一个人，以至一代人的生存和写作，都可以被视为某种"无墨之墨"。它们终将融入那生生不息的造化大道，终将在被吸纳的同时被消化，变得"什么也不是"。然而这又有什么重要？重要的是，"在那儿　你不能／再放进任何一件物品"。

　　我和曙白神交多年，但只是在本文写至大半时，才在西子湖畔因参加《诗建设》评奖第一次见面。其时满觉陇桂香四溢，令人如痴如醉。我们像老朋友一样握手、微笑、干杯，虽然同是诗的侍者，却自始至终没有就诗单独交谈过哪怕一句——或许是来不及，或许是这样更有味道。以如此几近"留白"的方式完成我们的彼此辨认，真是太爽了。

唐晓渡
2013 月 10 月 19 日，秋色已深
（此文原为李曙白诗集《夜行列车》的序，文字略有改动）

目　录

第三辑　夜行列车

4

第四辑　沉默与智慧

7

第五辑　临水报告厅

补遗一

补遗二

第一辑

穿过雨季

别

别你
在雨中的江南

我愿你常记起江南
多树荫的江南
多亭台的江南
哪儿有雨
哪儿就有避雨的流檐
多湖风的江南
多夕照的江南
长椅上面
晾满我们的傍晚

我愿你不要记起江南
太俊秀的江南
太诗意的江南
只会给你
添一层若失的怅然
人纤弱的江南
太多情的江南

溶溶月色
会照你无眠的窗扇

我愿你，我愿你
我该怎样说清我的祈愿
别你，在雨中的江南
别你，在雨中的江南

老石匠

人们告诉我
他就埋在那片竹林

我记得那时候
他在大平原上流浪
一边走一边唱歌
一支又古老又沉重的歌
从一个村庄到另一个村庄
他给庄稼人打磨
他打造的磨扇
把大平原结结实实的秋天
碾成炊烟　　碾成家家户户
屉笼的香气

我去看他的墓地
那儿没有碑石
他不识字
他打了一辈子石头
但没有给自己留下名字

那一夜我听见有人唱歌
唱老石匠的那支歌
歌声像寻找港湾的小船
有时候在很远的地方漂泊
有时候就在窗外
很沉很沉的歌声
像老石匠一生都在敲打的
那些石头

出　海

没有比出海更庄严的时刻了
当螺号以大提琴般的低音
奏出黎明的凝重
所有的船只
挂帆的和没有挂帆的
都开始启碇

检阅一样，一只只
驶出海湾，驶出岸边
一长列排开的期待
仿佛通过检阅台的士兵
甲板上的渔民
都朝向岸
都朝向挥别他们的亲人

全都沉默无声
船上和岸上，只有
温柔与深沉相碰
忧虑与坚定相碰
死别的惊悸与生还的宽慰相碰

在这样的场合
就是最暴戾的海
也会因震颤变得温顺

这时候，天空
涂抹在海天相接处的紫色光晕
开始明亮与纷呈
渐渐地，船队和渔民
浓缩为逆光里的剪影
再也分不出细部
只有轮廓，只有礁石一样
深色的遒劲

就这样，他们远去
凝然不动，成为青铜雕像
立于天空和大海
同样辉煌的背景

渔民的妻子

昨天她们是渔民的女儿
明天她们是渔民的母亲

她们如柔性的海水
懂得爱抚懂得温存
当丈夫从海上归来
她们总是用渔家特有的海碗
盛满一遍又一遍烫过的酒
以甜甜的灼热
驱赶海上潮湿的风

她们会在海岸
在落日沉没的灰暗中
守望着海　守望着
久久不见归来的帆影
假如真的，真的希望
成为永恒的失望
她们会流泪会嚎哭
会成为海岸上
永远不能搬走的岩石

但是，当儿子们大了
当他们成为壮实的汉子
她们还会让他们
去升帆去启碇去闯
那布满凶险和厄运的大海
她们还会让女儿
从小就跟着自己学织网
学着做渔民的妻子
然后在一个夜晚
在泪眼盈盈之中
在妆奁里放一把竹梭

昨天她们是渔民的女儿
明天她们是渔民的母亲
因为她们，吞噬了无数生命的大海
终不能吞噬这个姓氏
——渔民

海　葬

总是黎明之前
在淡青色的朦胧
还覆盖着海面和天空的时辰
默默地，一家人
走向一处僻静的海滩

一只木匣。一双手
（常常是那一双曾经
日日夜夜编织对他的信赖
编织全家人希冀的手）
于是，在大海
深色的安魂曲中
一个灵魂
从人生的苦咸
走向海水的苦咸

这时候那终身陪伴他的浪
便会推着他摇着他
像推摇一个熟睡的婴儿
他便顺从地远去，终于

成为一个白色的小点，成为
大海中溅起的浪沫
于是，他们转去
把饮泣把悲哀把忧怨
全部交给深蓝色的海
直到，直到许多年之后
又一只白色的木匣
被风声浪声潮声填满

而大海，大海总是
以它的阔大与慷慨
接纳属于它的灵魂
从不拒绝

月光下的海滩

放你的镯子
放你的戒指
放晨雾放月色放落日
放憧憬放忧怨放期冀
放你二十岁的一切
在海滩
在银白色的海滩

月光照着你
月光照着你
照你的路
浪沫是脚下的云朵
照你的脸
比月亮更加平静
照你走向蔚蓝的归宿

纯净溶于纯净
苦咸溶于苦咸
你不会归来
在潮汐涨起的午夜

大海会把许多落水者
送回灰黑色的海岸
但是你不会归来
踏浪而回的灵魂中
没有你

月光下的海滩
不是你的海滩

夏天的白杨林

那个夏天他走进白杨林的时候
夜色从四周的山冈围拢
他疲倦地躺下
身边是小河　小河那岸
灌木丛中有夏虫在低语

醒来第一眼他就发现
一轮圆月在薄薄的云层里行走
柔白的月色穿过枝叶
河水闪动如一条金属带
泥土的香气野草的香气苦艾的香气
令他感到只要合上眼睛
就会融入一种神秘的静穆

他沿小河走进密林深处的幽暗
走进一间敞开门扇的小木屋
在那儿他用合欢树和铃兰
编织了一只花环

九月在芬芳中过去

秋天最初的日子
收获的渴望使他战栗
使他警醒如惊起的小鹿
他该走了　他把那只花环
挂在最后一棵白杨树的枝头

走出村子他回头望去
月亮仍在白杨林的上面
像一纸剪贴圆得惨白
他知道从此他将永远永远
背对月光而行

五月的幻觉

他熟悉这座村庄
他总觉得什么时候
曾经走过这条黄泥小路

他知道前方有一棵高高的大樟树
他知道穿过一片梨园
在流水弯曲的地方
有一座小小的茅舍
傍晚，茅舍前面
一位穿白色衣裙的少女
静静地剥一篮子青豆
并且时常抬起头
惊异于又一颗亮星升起

捧一束风信子叩开柴扉
主人说那一位姑娘
早已长眠于梨树丛中
她说过会有一位跋涉者
在五月在梨花的落英中
为她栽一棵常青树

他茫然立于墓前

看萧萧风起

卷一地梨花如雪如絮

如纷飞的蛱蝶

森林里的一个故事

八月之夜
星光照耀如飞翔的鸽群
新月弯曲于最高的山顶
猎人的腰刀一样逼视

策马驰过那片青冈林
他听见有脚步追随的响动
他相信是那头火狐
它的红棕色的皮毛令他厌倦
令他感到一种被捉弄的羞辱

他没有拨转马头
只是随手扔出那支短剑
一声惨叫越过森林的空寂
回头的一瞬
他看见一个女人黑色的影子
旋转着优美地倒下
长发飘过之处
月色惨白如一匹尸布

在她倒下的地方
他没有发现带血的尸体
也没有找到刻有他的姓名的短剑
只有一朵花　一朵黑色的野山菊
向月夜开放

猎　狐

他匍匐于灌木丛中
枪口醒着

他知道那些漂亮的小妖精会来的
在这个闷热的午后
它们一定会来到河边
一定会舞蹈着
洗它们闪亮的皮毛
阳光在河面闪烁
跳跃的光斑使他厌倦
他又想起那个女人
早晨她在山脚下的溪水里梳洗
她的长发和浑圆的手臂
令他在一瞬间感到震颤
感到一种朦胧的欲望

有拨水的声响
他警觉地举起枪
一只银色的狐狸走进准星
它快活地迈着细碎的步子

尾巴散开　优美的线条
使他想起山溪边的早晨
他的手指久久压在扳机上
他相信枪膛里
一定是一颗潮湿的臭弹

终于站起身
他朝头顶上那颗太阳
放了一枪

猎人之死

他举起枪

他记得他没有躺下
他记得他走进山林的时候
雪还在纷纷扬扬地下着
他只是依着树干打了个盹儿
朦胧中天色灰暗下来
树林成为锯齿形的剪影

在放下酒壶的时候
他看见那些飘忽的亮点
有一瞬他以为是星星
很快他就看清那是狼群
是狼群绿莹莹的眼睛

他举起枪
他不是第一次遇到狼群的后生
他相信只要一枪
就能射中那只头狼
他相信嗅到他猎枪的火药味

有四只脚的牲畜都会仓皇逃命

那支枪实在太沉了
沉得像所有的岁月
都在今夜压在他的双臂
但是他必须举起
他不能在这一刻把一生的荣耀
输给这群可恶的对手

雪后
第一个走进山林的猎手
发现一尊白色的大理石雕
他斜倚着树干　一支枪
依然平举着指向远方
在他前面的雪地上
有狼群纷乱的足印

深入秋天

随秋叶而去
风的方向是你的方向

在这个季节你要接近流水
秋天有许多虚幻的收获
唯有秋水清澈
与水为伴你不会饥渴
在没有河流的地方
你要相信夜露和雨
那些没有欲望的滋润
是你灵感的唯一保证

你要忘记那句格言
忘记冬天过去就是春天
学会若无其事地走过寂寞
如同若无其事地走过果实
秋天负于你和归还你的一切
都不是你自己的

当最后一个秋日

如同树叶一样腐烂于泥土
你就可以出发
从容走进任何一个季节
在所有的日子里
你都不会有过于长久的期待

江南的一个月夜

那时候你正在读诗
你听见金属折断的响声
你知道月亮正在破碎
这是预料中的事情
李白之月东坡之月
和浩浩渺渺令古人今人
感慨万千的春江月
都不会长久

窗外夜色如期而至
在这座南方城市
浅草马蹄春风又绿和山色空蒙
早已老去如片片秋叶
杏花春雨长满青苔
荒芜如陆放翁的沈园
无人归来

合上那本诗集
你细心地折叠起
最后一轮妩媚如水的

江南之月
然后静静地坐着
想象谁会在这个夜晚
拍遍栏杆

山　寺

翠瓦
朱墙

门扉虚掩
修竹迎
熏香半截
烟如丝

云雾茶浓
山泉水清
竹壳热水瓶
俯仰都是行云
主随客便

几上纹枰
黑白三五颗
遍敲棋子
无人
指点回头是岸

一对雀儿
进出篾笼中
自给自足

赏菊花想起一位诗人

竹篱边一站
或橙或紫
都是那一年秋天
最清瘦的一朵

我只是信步而来
因为菊花
和你靠得这样近
随你的目光
也悠然一次
观望南山

云气聚散
我和你同样无缘
让真意从指缝中滑落
且喜拾得两行五言
正好下酒

知你无夕不饮
必有好酒藏在草庐

隔着唐宋
隔着明清
随你
荷锄而归

第二辑

大

野

远　游

溯源而上
我在黎明上路

庄稼的祝福
泥土的祝福
在我身后的田野上
比阳光还要古老的村庄
木门依次打开

鸟群降落之处
祖先的果园　花朵与果实
在晨岚中隐现

大　泽

藏蛰龙之大泽
藏虫蚍之大泽

清可濯目之大泽
浊可清心之大泽

我掬大泽之水
五千年的星辰
从指缝间滑落

空 阶

追赶疾飞的芒草鞋
山道上面
留下半个世纪的喘息

独自立于石阶
一片树叶落地
为秋
再一片树叶落地
已是大雪满山

钟　声

撞钟人在山顶
听钟人在山脚

时而悠远
时而凝滞
时而缥缈
时而庄严
听钟的人从钟声里
听出诸多玄机

云山雾海之中
撞钟的人
似睡非睡

高原听鼓

鼓声在东
鼓声在西

鼓声在莽原上奔走
鼓声在山谷中集结

鼓声在高山之巅
入苍穹而穷极九寰
鼓声在大江之源
在每一颗水滴中流动

今夜　鼓声顺流而下
整个古国的梦
都在鼓声中演绎
鼓声中苍凉

大风歌

大风起兮

大风吹过漠野与河谷
大风吹过古老的城堞

大风中　一棵树
起伏着　俯曲的树枝
一再触摸大地

大风中我所仰望的人
在一曲苍凉的箫声里
砖石一样剥蚀

他一生的岁月
迎风而立

海

一生可能只有一次
这样面对海

这时候喧哗的
复归寂静
这时候飞翔的
从天空降落

蛰伏于泥土
一枝谷穗的摇动
使大地保持平衡

弈　者

坐在一片坡地上
弈者向我们演示
一局棋的必然

在弈者的手势下
我们遗忘了的果实
重又在枝头生长

弈者说所有的秋天
其实都源于两枚果核
一颗是白子
一颗是黑子

旅　人

鹰的翅膀掠过之后
天空的洁净就和寂静一样绵远了

勒马于黄昏　一生旅行的人
朝落日的方向远眺

他在倾听
另外一匹马的蹄声

秋　山

红叶翻飞
黄叶翻飞
褐叶翻飞

清扫山路的人
一回头
又见落叶满阶

宽　阔

一条鱼拥有的大海
一只鸟儿拥有的天空
这是我对宽阔的最初理解

鸟儿回到树林
享受阳光下的暖巢
和养育小鸟的快乐
鱼沉入水底
享受孤独

温暖的鸟巢和深处的寂静
那是另外一种宽阔

午后书桌

几瓣橘子
一本打开的书
和被老式窗格
切成四块的阳光

在木椅上坐下
品尝简洁的生活
我从一张书桌
进入寂静

风暴过去

风暴过去
犁铧在黑暗中闪光
麦子的香气
浸透农人的梦

风暴过去
一盏灯
在夜色中点亮
为一只鸟儿的归来
彻夜不眠

冬　天

冬天我们在雪地里
播下一年的种子
然后在春天　夏天和秋天
等待它们依次开花

冬天我们满屋子
寻找一件过时的棉袄
我们以为它的温暖
是唯一的温暖

冬天我们遗忘的手套
在化雪之后成为道具
而我们扮演的角色
已经被别人替代

栖　息

一些鸟飞来
栖息在一棵树上
另外一些鸟飞来
栖息在另一棵树上

鸟和鸟说话
很新鲜的鸟语
就挂满了两棵树

整个傍晚我聆听鸟声
我所栖息的地方
距离树很近
距离鸟很远

杭州之夏

在一片水波上面
莲花开放

莲的笑容由来已久
比浓妆淡抹更早
比浅草马蹄更早

一颗古莲子
保存它的最好方式
就是让它回到过去的水中

一只水鸟停在湖面
它从另一个角度
观察莲

仰望一棵树

仰望一棵树
在树叶和树叶之间
我看见阳光和风
平静地流淌

日子也是这样
它们从我身边流过
甚至没有留下
树叶翻动的响声

总有一些我们熟悉的人
背对我们而去
我能够叫出他们的名字
却无法把他们唤回

他们平静地走远
就在我抬起头
仰望一棵树的时候

林边的人

坐在林边的人
聆听风

风带来树叶的碎语
风还带来高处的暖窠中
鸟儿熟睡时的梦呓
带来花朵和果实
交接班的暗号

风告诉林边人的事情
他守口如瓶

默　想

一棵树默想的事情
鸟儿知道

一座石桥默想的事情
河流知道

鸟儿飞走了
河水流向远方

树与石桥之间
一个老人枯坐

看 荷

荷叶田田
荷花就开了

湖边长椅上面
坐着看花的少年

荷叶田田
荷花又谢了

看花的人站起身
已是两鬓霜染

看戏的人

看戏的人
撑一把伞走进剧院

在剧院门口落伞时
几颗星星
无意中滑落下来
与他的目光碰撞
他觉得这个夜晚
空气中有一种紫檀的香气

看戏的人坐下
大幕已经拉开
现在他专注于舞台
戏中有一场雨
整整下了一个世纪

看戏的人
重又把伞撑起

冬天的手指

这是冬天
冬天就会有一根手指
在早晨　光芒一样
伸向玻璃窗

水汽蒙蒙　我们无法辨认
窗外最简单的事物
雪可能正在融化
水滴从树枝上落下
如同鸟的羽毛　也可能
仍在堆积　我们复制的自己
渐渐被新的雪片掩埋

一根手指写下的文字
或者是胡言乱语
或者就是神谕

玻璃窗扇很凉
我们知道　但抵挡不住
诱惑　毫无痛感的手

又一次被寒冷刺伤

我的手指缩回时
冬天仍在继续

江南雪

你想去那片林子
在你的记忆中
落雪是北方的事
江南没有冬天
江南是熏熏软软的小南风
是杨柳岸轻舟唱晚
是你的那片林子
细雨如烟在竹叶或者树叶上面
敲出如泣如诉的丝竹清音

你伫立于窗前
一尊塑像在雪地上深思
它的庄严令你记起一段岁月
为一片浓郁的诱惑
你走了很远很远
以至在回头的时刻
发现送你来的那条河流
已消失于草莽之中

化雪的日子很近

你知道这是江南
寒冷不会有太久的覆盖
可是路呢回林子的路呢
一场雪便是一次蜕变
雪后的路不是原来的路

你想去那片林子
你在寻找最后的机会

废弃的车站

像一只鞋　废弃的车站
用旧了　被人随意
扔在夏日的荒草中
壁墙上的老式挂钟
时针和分针　将光阴
凝固在过去的某个时刻

售票口　被无数双脚
踩得凹凸不平的地面
让我觉得就在刚才
还有人在这儿排队
嘈杂的人声中各种方言
陌生而亲切

行车时刻表　从一长串
站名和发车时间中
我一下子就找到
我要去的那座城市
票价：7元8角
发车时间：下午5时30分

就在这儿　我还能够
守候到我的那一趟车吗？

女棋手

那一局她执白
她是鱼
流动是平常的事
在所有的地方落子
回声都是鸟语

有拨水的声响
一对紫色的蝴蝶
正款款飞过山溪
山头上的夕阳
外婆的簪子一样锃亮

棋局一如所料
纹枰宽阔如天空
她亲近水
只要流入一条河流
她就是君王

水声依旧
蝶的影子翩翩而去

溪对岸的柳树下面
草帽和竹笛早已不见
在一群黑子的中央
是白色的自己

深夜的马

正如我所预料的那样
一匹马　一匹枣红马
在午夜平静地出现

为一些必须在晚间办理的事
我正在城市的腹部行走
一抬头就看见了马　枣红马
它从暗处　从楼群的阴影中
迈着碎步走到灯光下面

就这样在寂静的长街
一匹马依偎着我
它的头颅在我胸前磨蹭
它呼出的热气喷吐在我的脸上
它光滑柔顺的鬃毛
在我的手掌下面轻轻滑过

我不知道它来自何处
也不知道它为何与我这样亲近
枣红马　深夜的枣红马

我还要赶自己的路程
即使是如此英俊的马
我也不能为你逗留太久

在下一个路口回头
我看见长街空旷寂寥
没有马　在路灯的照射下
甚至没有一个活动的影子
只是在灯光照不见的深处
我始终无法看清
是什么在幽暗中耸动

童话（三首）

猫和老鼠

一代又一代孩子的
西式晚点

吃完之后
他们就去睡觉

不哭
不闹

他们一生的梦
都有奶酪的甜味

狼

所有的中国孩子
都认识狼

"小羊儿乖乖

把门儿开开"

狼就在门外
固执地喊叫

孩子们坐在那间屋子里
成长为羊

猴子与月亮

捞过月亮之后
那群猴子就散伙了

其中一只在公园就职
负责接待游客
它脖子上挂一块木牌：
与您合影　每次 2 元

那一天我突发奇想
大喊一声：
"月亮掉在井里啦！"

猴子看着我
像看天外来客

蝴　蝶

它是从卧室的窗户飞进的
其实我并没有准备接待它
我打开窗扇
只是为了让风和鸟声
走过时感到方便

它是一只普通的蝶儿
在黑色的翅羽上面
有许多淡蓝色的小点
我散步的那片小树林
这样的蝶儿成群地飞舞
就像一群嬉闹的孩子

它在我的寓室中飞翔
悠闲得像一位绅士
一会儿飞进客厅
一会儿飞进书房
就像我下班回到家中
在寓室中来回走动

我不知道在这个傍晚
它为什么选择我的寓室
我喜欢它的随意
喜欢它走动的从容
我静静地望着它
直到这位不速之客
在一次偶然的飞翔中
穿过窗户　消失在
淡淡的暮霭之中

梨树下面

是四月的一个午后
我在梨树下面读书
这是一本校园诗社
自己编印的诗集
新鲜的油墨气味
随着我的翻动飘散

在这座古老的校园
这是我最喜欢的地方
风穿过树叶
一瓣一瓣的梨花
飘落在我的肩上
飘落在我的衣襟上
也飘落在手中的诗集上
像一些白色的蝶儿

有好长时间
我没有翻动书页
我不想惊动它们
这些懂事的蝶儿

它们是那样安静地
在诗行间匍匐

那个午后
我所阅读过的诗句
都成为一些白色的精灵
在春光中款款而飞

车过黄河

枯水季
黄河无水

聆听黄河的浪声
我用了一生的时光
一生的喧响在这个上午
戛然而止

奔流到海不复还的黄河
无水
惊涛澎湃卷起万丈巨浪的黄河
无水

列车从黄河大桥驶过
我坐在窗口
一分四十五秒
在一帧干涸的风景上
我想象浑黄的波涛
和一片远去的帆影

我把满满一杯水
连同浸泡过的苦涩　缓缓
倾入黄河

槐花的北京

八月　在北京
一条旧街上　我在路边小摊
要了一份早点
几片槐花从头顶飘落
在小木桌上静静地匍匐
像几只安分守己的
白色蝶儿

我从江南来
我已经去过了故宫　天坛
去过了长城和圆明园
在那些厚重的砖石上
触摸过辉煌与悲壮
从历史的苍凉中走出
这个早晨　我在一片槐树下面
享用豆浆　油条
和几个老北京
京味儿十足的闲聊

槐花的北京让我亲切

槐花的北京让我觉得
我居住的那座南方城市
其实并不遥远
不管在南方还是在北方
真正的生活都是在一些树的下面
平静地流淌

走在槐花铺满的街道上
我轻轻问候
北京　你早！

走过平原

我们走过平原　麦子和星辰
总在前方的原野上波动

竹林和农舍
和田岸上走过的一位农人
保持初夏的含蓄
屋檐下面擦净的犁铧
随着晨光清晰

我为一粒种子
寻找安顿的土壤

播　种

傍河而聚的农舍
是我祖先的村庄

木门在晨光中打开
肩着犁锄的人们
陆续走向田野

以勤劳和真诚对待土地
把丰实归功于苍天
祖先们播种了庄稼
也播种了一种生存的哲学

他们自己
全然不知

十 月

长久的困顿之后
一串雁鸣带给我们最初的凉意

十月　收获过后的土地
重又被雨水灌满
像母亲鼓胀的乳房
等待婴儿的吮吸

谁的身影如一粒种子
融入大地的静穆

季节: 小雪

雪花　雪花
提着裙子回家

踮着脚尖儿走
踩着麦叶儿走
打着旋儿跳着舞步走
学着蝶儿东飞飞西飞飞
不紧不慢地走

雪花　雪花
提着裙子回家

家在田岸边
家在树梢头
家在竹林中
家在屋顶上
枕着薄瓦睡一冬
醒来看花灯

雪花　雪花
提着裙子回家

剥豆的小女孩

你就坐在家门前
身影像一枚钉子
很深地　揳进
黄昏的阳光

我看不见豆子
我与你之间
有太远的距离
你的姿势告诉我
你在剥一篮子青豆

那个傍晚什么也没有发生
庄稼在沉静中等待
树的影子很远地
贴在天边的云彩上面

你缓缓抬起头
落照中坐着
我的外婆

唱歌的人

唱歌的人
就坐在河边

他唱一支古老的歌
一支我从未听过
又似曾相识的歌
歌声低回　像是从远方
从大平原的深处
缓缓驶来的一片帆影

他是唱给庄稼听的
他是唱给晚归的羊群听的
他是唱给河流和夕阳中的炊烟听的
原野沉静
手扶犁锄的农人
在歌声中成为远去的风景

唱歌的人
他一边唱一边折一根柳条
一截一截的柳枝
随着河水流淌

八月之夜

因为风　今夜
它们醒着——

一扇窗户和一颗星星
一只小鸟和一片树林

唯有仓廪中的谷子酣睡
像大地一样沉着

想起一些名字

他们曾经像谷穗
在这片田野上摇动

贫瘠的岁月
是他们喂养我的梦
那些微弱的灯盏
似乎会被第一阵风吹灭
却始终固执地亮着

我仰望夜空
星辰如庄稼般涌动

卧 佛

深入石头
一种微笑
如飞过的鸟

后来便有许多锤子
在石头的表面
挖掘

浮出尘世的
只是那笑意的
一只翅膀

雪落进湖水

雪落进湖水
远山更远

从水中游来
桨声
寒意侵骨

划船的人
坐在船尾

晨

从一开始
我们就和牧笛
走在同一条路上

羊咀嚼青草
我们咀嚼
早晨的寂静

担水的姑娘走过
我们向她
讨一罐泉水

林中的夜

一盏灯
穿过柳树林

一个一个的故事
亮了
又灭了

鸟儿们已经睡觉
灯光和故事
与它们无关

等候一片云

你沏一杯茶
一边品茗
一边看看风景

你发现在你周围
树在等那片云
溪谷在等那片云
对面的一座山峰
在等那片云

你轻轻念出
一两句诗行
然后不经意地一抬头
就看见了那片云

在树所期望的位置
在溪谷所期望的位置
在山峰所期望的位置
在你念出的诗句
所期望的位置

而你的茶
凉了

绍　兴

你没法儿不醉
这是酒都
产中国老酒
甜甜的醇醇的不呛人的
中国老酒的酒都

走进任何一条街巷
都有含酒气的风
把你熏成李白熏成岑夫子丹丘生
住进任何一家旅店
都有旅客扔下的一堆酒瓶
留着足以使你醉一宵的绍兴味

醉了你就去逛古城绍兴
逛陆放翁的绍兴　谢灵运的绍兴
逛范蠡的绍兴　鉴湖女侠的绍兴
也逛孔乙己和阿Q的绍兴
那时候你会发现
绍兴自己从来没有醉过

它只是长者一样微笑着
看我们这些来来往往的过客
醒着进来醉了出去
看我们醉了出去时
还提着大瓶小瓶的
绍兴老酒

钓 台

一尾
一尾
青山　云影和帆
和在水中游了两千年的
一首绝句
被我们一一钓起

细数囊中所得
皆具汉魏风骨
瘦削得可以
清高得可以
就像那位江畔处士的
一袭青衫

晚餐上高风阁
一壶佳酿
佐酒的是一弯新月
在江水中娉娉婷婷
欲沉未沉

它可能是今晚
最后的一尾

高山人家

三两件
白云
挂在晾竿上
七八畦
韭菜
绿在山泉边

小鸡争米
啄进
松风半瓢
大碗劝酒
斟出
星斗一斛

海岛小学（五首）

校　门

没有那两扇铁门
海就是我们学校的

游泳池

开学典礼

海潮匆匆赶来
才走到校门口
他就听见校长说
现在散会

早　读

潮声也来凑热闹
读得比我们还响

要背书的时候

它们全都哑了
不肯给我一句提醒

家长会

大海不请自到
却被看门的大爷
拦在校门外

他问
你家的小伢儿
读几年级

体育老师

比我们的吵闹声更高的
是海潮
比海潮的吵闹声更高的
是体育老师的嗓门

向右看齐
海潮和我们
都装着没有听见

在杭州经历春天

在杭州　春天总是从和靖山人
留给我们的一枝梅花开始
这时候月光已经有一丝暖意
放鹤亭下暗香浮动和疏影横斜
渐渐清晰起来　春天的消息
就一朵一朵地开放

接着　你就该踏进
白居易的浅草　因为不是骑马
能否淹没马蹄就不那么重要
早莺争树　新燕啄泥
柳荫之中有迷人眼的乱花
只是别迷了回家的路

再后来　就进入春天的高潮
一叶扁舟驶入苏东坡的初雨后晴
穿过洞桥　柳烟
水光潋滟和山色空蒙
把一壶西湖龙井
品尝得平平仄仄　仄仄平平

当西湖上的风越来越暖
一不经意你发现湖波上面
已经是无穷碧的接天莲叶
找一张长椅　你就在
杨万里的绝句中坐下
等候映日荷花粉妆登场

避 雨

我的车轮太快
落雨的时候　恰好
已经骑过了白堤
错过了中唐刺史的浅草马蹄
和那一曲千古吟唱《忆江南》

前面是断桥
搁下车钻进桥边凉亭
顺便
在白娘子和许仙的传说中
稍作停留

一柄穿针引线的伞
就是在这座桥下
演绎出一段佳话　让整个江南
美丽了一千年
忧伤了一千年
此刻湖上归来的一叶扁舟
船中
坐着谁?

家居杭州
江南雨随时会打湿你的日程
你也随时可以
踱入一首唐诗　一首宋词
或者一则山色空蒙的传奇
在其中小坐

苏　堤

宋时西湖淤积，时任杭州知州的苏轼组织市民疏浚，以葑泥筑堤，后人称"苏堤"。如今，"苏堤春晓"已成为西湖十景之一。

肯定是一次文人雅会
在望湖楼上把酒临风
借着微微的醺意
一挥毫　他就写下了
这一行绝句

身为一市之长
我不知道苏老学士
当年如何治理杭州
是不是把一叠一叠的公文
权当诗赋删改

有这一行诗足矣
曲桥柳烟　画舫听雨
水是清清的平
山是淡淡的仄

与那句淡妆浓抹一起
让人诵读了一千年

漫步堤上　止不住
有几分小小的得意
因为一位当过市长的诗人
我甚至觉得家居杭州
做一名诗人确实不赖

不知道今日市长
能吟诗否
真想约他到苏堤上小坐
泡两杯龙井　然后谈谈
西湖的诗和诗的西湖

夜坐放鹤亭与林和靖先生小语

先生　今晚
我为梅花而来
熟读了你的疏影
一千年前的那一枝
总在岁岁早春
横斜于我的窗前

今晚　依然有梅花
在你的身旁绽开
几枝红蕊
几枝绿蕊
香气在月光下面浮动
可是我总也品不出
当年你手植的韵致

隔湖而望
是城市点亮的灯火
那儿也有我的一盏
在一幢楼房的第四层
静卧着你的诗卷

和一杯清茗

哦　先生
或许你能够教会我
怎样在喧闹的都市中
读懂一枝早梅

品　茗

在杭州喝茶
你必须临湖而坐
至于茶叶
当然是上好的龙井

青山一盅
白云一盅
湖上往来的扁舟
一盅

苏东坡醉酒
水光潋滟和山色空蒙
各一盅
白娘子借伞
断桥残雪和雷峰夕照
共一盅

饮到最后
你也成为绿绿的一片
在偌大的西湖中浸泡
若沉若浮

斯蒂芬·霍金

　　斯蒂芬·霍金，当今世界上继爱因斯坦之后最杰出的理论物理学家。1942 年出生于英国，年轻时患卢伽雷病，此后一直被禁锢在轮椅上，仍坚持科学研究，在宇宙大爆炸、黑洞辐射等领域取得重大发现。其著作《时间简史》给全世界亿万读者开启了认识宇宙起源的一扇窗口。

1

一个儿童
一个熟睡的儿童
一个熟睡中依然微笑的儿童

他在讲台上
宁静　安详
偶然睁开的眼睛
开启两扇窗口
透露给我们天国的光芒

只有那一瞬
我们被照亮

2

漫长的岁月
深陷于一只宽大的轮椅
因此也深陷于
我们无法抵达的时空

在十维
或者十一维的宇宙中
他一个人的飞行
在所有鸟儿的翅膀之外
在我们的目光之外

寻找圣杯
他飞翔的轮椅
追赶　光

3

仰望夜空
对于那个浩茫的宇宙
我们知道什么?

圜则九重
孰营度之
我们起于何时

又将终于何处

当东方巨大的问号
依然在苍穹高悬
人类所有的叩问
如同坠入黑洞的物质
没有任何回应

而此刻　一个儿童
在均匀的呼吸中发出梦呓

4
膜

一张被时间的奇点
微微压陷的膜
光滑　柔软　音乐一样
美丽地弯曲的膜

我们就生活在那张膜上
他的话从另一个宇宙传来

啪的一声
那张膜像气球一样

被一根坚硬的手指戳破
而人类……
他突然的笑声
使地球重新回到轨道

而我们
坐在会议大厅
仰望一个儿童的睿智

5

他在一条船上
他和爱因斯坦在一起
他和牛顿在一起

他抓到一副好牌
他的狡黠的笑
清澈见底
像我们最初见到的水

从时间的源头驶来
在时间的河流上航行
船长先生　亮牌吧

6

他听不见这个世界
听不见喧闹与争执
汽车夸张的尖鸣
人们匆忙奔向某个目标的脚步

听不见我们的掌声
和对他健康的祝福

一个儿童
总是比我们更接近天空
阳光和星辰

那些遥不可及的东西
我们要用一生仰望
对于儿童　可能
就是唾手可得

7

我是一个诗人
我能够把你称作
我的兄弟吗？

科学和诗

那是人类赖以飞翔的
一双翅膀

我们同样需要熟睡
需要在熟睡中梦想
在梦想中微笑

8

现在　窗口合上
黑暗重新来临

河水在远处流淌
光芒追赶着光芒
一个少女的瓦罐中
太阳　星辰和一些
更为恒久的东西
在碰撞中发出响声

时间流过宽阔的礼堂
像流过所有已知的岁月
但是我知道
世界在这个下午
已经悄悄发生变化

第三辑

夜行列车

十楼　或者更高

在你藏身的洞穴中
星辰是所有灯盏中最没有欲望的一支

为了接近一枝玉兰花的意境
整个冬天你都在清扫门前的积雪

当你尝试从一座建筑的结构理解哲学的含义
你发现一整排牙齿中最坚固的一颗
已经开始松动

南方以南

向南走　鹰的飞程越来越低
你能够看到的屋脊
厚厚的积尘覆盖炊烟和一蓬瓦楞草
残存的绿

向南走　一片沙漠之后
生命的误区依旧荒凉
干涸的河流像一道浅浅的划痕
一只水罐保持着取水时的倾斜

向南走　一匹马的嘶鸣开始频繁
在旷茫的沉寂中　一声　紧接着又是一声
刻意制造出
马与马遥相呼应的回响

月全食

打开黑暗之窗　这最便捷的
死亡　城市是一块正在腐烂的石头
信用卡透支未来的星空

立于市中心的那座钟楼　它显示的时间
显然和多年前我在一座小学
用来指示上课下课的挂钟有不同的标准

最后一趟公交车靠近站台
一只钢铁灯笼　在更大的灯笼中
穿行　移动不真实的光

无声手枪

那个早晨你射出的子弹
在空中
像鸽子一样飞翔

我们正走过早春的原野
专注于天空
几片花朵样的云

因此　我们都作证
那个早晨　确实有
鸽哨从我们头顶掠过

我们没有听见
枪响

迟　雪

这个冬天一直在刻意躲避什么
一场雪迟迟不肯落下
以至我们以为这会是一个无雪的冬季
就在这时候　突然就漫天皆白了　突然
一棵树就老了　成为孤立于一片苍白中的
惊叹号　又突然　大地湿润　河水
流淌暖意　草色略带羞涩地铺向远方
而我们木然立于旷野
整个冬天关于一场雪的预演
像一笔债务　在我们准备偿还时
债权人说　已经有人替我们还了

在门槛边

——答 F

其实我一直　也就在门槛边站着

有时候觉得这样也不错
时而看旷野中的风景　看河流和庄稼
在各自的岁月中流淌和生长
草枯草荣　总有我最初见到它们时的青涩
时而也朝门里面张望　与暗淡的光照中
每一个角落都充满的阴谋与诱惑
保持一个安全的距离

门开门合　站久了就觉得自己
是贴在门板上的门神　对世事的关注
像一张纸那样薄

快　刀

多快的刀　一刀切下去
穿过肌肤　不见血

多快的刀　时间消失
一瞬间花落
一瞬间树叶飘零
一瞬间大雪掩埋了一座山峰

多快的刀　省略了
过程　让结果如此绚烂
省略了思考　让我们
直接进入欣赏

我们甚至没有感觉到
身后吹过的凉

食 鱼

一次近乎完美的手术
你的筷子缓慢前行　从尾开始
然后是翼　然后是脊　然后是一片宽阔的白
头没有动　保持对思想的尊重
酒很少　只是偶尔
呷一口　好像一篇美文
为了不破坏原汁原味的意韵
尽量使用了最短的注释
精致取代了粗糙　品味取代了咀嚼
直到一副完整的骨架在盘子里惊艳呈现

石头　剪子　布

最简单的循环　所有的法则
都是因为游戏而产生
我们无法预测下一次会发生什么
那是上帝的工作
我们只能从箩筐中拿出一件已有的东西
然后命名它是石头　或者布
然后在一次次输赢中长大成为
其中的一件

醒 来

当那片小树林醒来
当鸟儿的鸣叫醒来
当帆从云影的合围中醒来
当花瓣在重新集结时醒来

一个国王的梦是建造两座桥
一座通往彼岸
另外一座
保证他从彼岸回来

长春溥仪寝宫

一个做白日梦的人
一个明知是白日梦还在做的人
一个想从梦中醒来却被人死死按住不得不
继续做下去的人
他的那张床留在这儿　好大的床　必须承认
这样一张床　很少有人能够抵挡
在那上面做梦的欲望

一个人

他走之后还没有一个人能够这样
在午后　在浅浅的光照中静坐
不说话　也不刻意沉默
把照进屋子的光芒消费成最小的分币
还没有一个人能够像一棵树一样
注视我们　一刻钟　也许更久
以微笑对待我们的胡闹和肆意挥霍
他离开时没有惊动任何人　只留下
一张空空的木椅　让我们以为
从来就没有人在上面坐过

斯 夜

今晚　熄灭所有的灯
包括最微弱的烛光

让夜回到黑暗　让穿过我们的河流
只有古老的星辰流淌　让我们仰望夜空时
对那些神秘的谶语保持敬畏与虔诚

在没有灯的晚上
唯一的门朝向我们打开

林　中

我们都已经接近那个神秘通道的入口

一枚果实落下　落叶和光芒
同时照耀树荫中的路　看林人的木屋
孤独地守望渐渐远去的寂静

因为前后的差异没有相遇的两个人
他们走在同一条山路上

十一月的天空

一旦进入秋天　天空便无所谓高低

一只鸟飞翔的高度就是它的高度
一朵云停留的高度就是它的高度

离开我们很久的邮差　他的洗得发白的旧邮包
把我们遗忘了的东西一一带回

十二月的早晨

季节刚刚进入冬天　土地从十一月
就开始冬眠　在新一季庄稼播种之前
它们的安睡无可指摘

而河流醒着　渐渐加深的寒冷
让流动成为一种痛

从田野中传来草木腐烂的气味
踢踏着马蹄　一匹马在村口蓄势待发
它的远行已不可阻拦

海边别墅

它们从没有尊重过海水
这些优雅的白色和令人羞耻的棕红

七月　过度的燥热
暴露这个夏天的稚嫩和不自信
洋槐树和合欢花树的浓荫中
从未愈合过的伤口
一再流出黏稠的液体　任波浪舔舐

一座小楼敞开的阳台上
猩红的石榴花高挂免战牌

人工岛

这是谁的乐园　假想的净土
受诅咒的宫殿以上升的方式沉沦
海鸥远去　它们曾经那样信任我们
每一次出海或者归来
都围绕我们的帆翔舞翩飞
波浪之上　云的碎片和高耸的怪物
合谋瓜分天空最后的蓝
狮子的吼叫吞噬孩子的笑声
黄昏因为恐怖而战栗
我在最后的海滩上寻找贝壳
却被一根铁钉扎穿了脚　流出的血
很快就被海水稀释为虚无

听《草原之夜》

大草原啊　多深的夜
才能让月色和星辰回到过去的天空

今夜　晚风掠过沉睡的草甸
一些柔软的东西反复被刺痛

谁的手掌上沾满河水或者月光
一支乐曲就抚平了岁月的沟壑

夜的尽头　我们一直关注的一匹马
脱缰而去　蹄声洞穿最后的深邃

祭　宴

为亡灵准备的酒宴
被我们活着的人享用一空

玻璃酒杯还在散发酒精的气味
收拾碗盏的人
用一只旧木桶装载剩菜和真实的
人间烟火　死者与生者
隔着最深的河流　却因为一桌宴席
回到平起平坐的朴素

一个离席者重又折回来
取走桌子上的半包香烟

在公墓

沿着一座浅坡蜿蜒而上
一排排　沉默的石头和名字

下雨了　他们都不需要躲避
不需要像我们一样
撑开伞　或者在一座凉亭中
完全不相识的人拥挤在一起

我们踩着泥泞下山
新鞋　旧鞋　名牌鞋和时尚鞋
无一例外地沾满泥巴
也有人滑倒　一身泥水
爬起来　重又踉跄着赶路

那些石头和名字
被雨水洗涤得格外干净
他们一直很同情地看着我们

忘 川

你一直都知道
你无法从一条既定的河流之外取得水

把生和死当作一幕正在演出的剧目
你坐在最靠近舞台的座位上
自己看自己的表演
自己为自己鼓掌　或者喝倒彩

我们都在缓慢地死去　你记不起来
这是谁的诗句　一座寺院的钟声
在从山顶到达山脚时
已经改变了敲钟人的初衷

你把一枚硬币放在上衣右边的口袋中
想象隔世以后
它作为古董的价值

收　获

当我们学会从原野中采集花朵
从一片树林获得果实

当我们不再需要证明秋天
当我们关闭谷仓
把弯下腰捡起一枝谷穗当作幸福

当我们把贝壳还给大海　把水还给河流
把姓名还给父母　把一生
还给泥土和吹过草叶上的风

留　白

无墨之墨

它可能是云
也可能不是

它可能是你走过的山冈
一块向阳面上光亮的石头
也可能不是

它可能是一条大河
浩荡　悠远　流淌的水
无迹无痕
也可能不是

也可能它就是空
就是什么也不是

有一点我们可以肯定
在那儿　你不能
再放进任何一件物品

夜晚的绣球花

在教学楼的一角　一小片树荫
制造了恰到好处的遮蔽

不经意间的一阵风和从大楼的窗口
透出的灯光合作
才突出了那只神秘之掌白色的丰盈

一棵绣球花树的夜
我的夜　还有这个世界为自己预设的
假想的埋伏　在这个晚上
我们谁是谁的景物　谁是谁的陪衬

一个秘密来到我们中间的使者
我已经不需要弄清楚她带来了什么

梅

一枝梅插在画有梅花的瓷瓶中

瓷瓶上的梅一如既往
满枝是怒放的红
而瓷瓶中的梅还没有开
只有一些花骨朵　欲开未开　很拘谨地
匍匐在褐色的枝条上

瓶中的梅花看瓶上的梅花
瓶上的梅花看瓶中的梅花
它们在一起只是漫长时光中一次
短暂的隔水相望
因此梅和梅　都努力保持着平静

浇花的人站在瓶外
他并不知道那些梅的想法

雁

蓦然一串唳鸣
雁阵飞过

旅途中的人抬起头
长天一碧如洗
先行者的留言
被雁翅擦得干干净净

回望风中
木门开合

黄　昏

苍茫古道
如一段垂挂的残帛

有尘烟漫过
一匹狼的嚎叫
让远处的孤树
一直退到落日身边

立马高坡上的人
缓缓转过身来

石壁前的老人

他坐在石壁前

大山里的黄昏
寂静与寒冷
从每一道石缝中溢出
树与树的距离
越来越远

一只鸟耐不住孤独
高高飞起的影子
只舞动了一小会儿
便融入暮色

石壁前的老人　渐渐
沉入那块石头

秋 望

秋风起时
就想起一座山

想起山中的寺院
一个僧人立于阶前
看红叶翻飞
黄叶翻飞

一片一片的树叶
一层一层的树叶
在他的脚下堆积

梵钟的响声
就把满山的树林
剃度了

手　套

整个冬天
他都在寻找那副手套
他认为一副手套的温暖
就是他一冬的温暖

春天的时候
手套从沙发的坐垫下滑了出来
就像窗户外面
一直都在沉睡的一棵树
突然长出的两片绿叶

他把手套重新藏了起来
为了在下一个冬天
继续寻找

静 夜

静夜里　我们一直守着的
一扇门
被风蓦然吹开

今夜潮起　谁俯身在沙岸上
把一枚过时的贝壳
与新月一起捡起

多么艰涩啊
那一声遥远的门响

江边秋意

江水凉了　有人在喊
凉得咬手指了

苇叶就黄了
芦花就白了
黄的叶白的花随江风起伏

把木船泊在江岸
归来的人
一身芦絮如霜

秋天的谷穗

在秋天　一枚谷穗饱满时
所有的谷穗都饱满了

在秋天　一枚谷穗摇动时
所有的谷穗都摇动起来

在秋天　一个耕种者的饥饿
让所有的谷穗低下头

鹤　舞

鹤在水岸
鹤以舞蹈　以独步和华丽的旋转
以引颈天空的孤傲
更深地隐藏自己

苇叶在清冷的月光下随风飘摇

那个霜夜
只有一个人听到了鹤鸣

在夜行列车上

偶尔闪过的灯
延伸夜的宽阔

谁的手牵引我们
在这苍茫的夜色中赶往某个地方
谁会在前方的那个站台上
一脸微笑或者面色凝重
接过我们的疲惫与期待

当岁月的鞭影
一再在我们的头顶晃动
我们已经习惯于提上行囊
迫不及待地选择一趟列车
把地图上的某个圆点
当作一次旅行的归宿

在车轮与铁轨撞击的响声中
我再一次取出车票
审视那个陌生的站名

一匹马

一匹马走向草原深处
踏着嫩草和细碎的花朵

在依拉草原
一匹马有最充分的自由
就像草叶上的一缕风
就像天空中飘浮的云片

它可能还会回来
从容走进我们的视线
如同现在从容地离开
它也可能不回来
从此成为一片草叶
或者一朵白色的小花

一匹马走进草原深处
它的耸动的背脊
越来越远　越来越远

依拉草原

她还有另外一个名字——
纳帕海

雨量充沛的夏天
大水覆盖了宽广的草甸
一片碧蓝的海子
就在三千米以上的高原
旁若无人地清澈

那些草呢？那些青嫩的草
和草地上面紫色白色
淡蓝色粉红色的小花呢？
阔大的寂静隔离了天空和云朵
也隔离了尘世的烦嚣

那种沉浸　就像在一片大梦之中
熟睡　什么也不知道
因此什么也不能诱惑它们

黑颈鹅

大草甸　野旷天低
暮色像一群匍匐的猫
从远处的山冈蔓延而来
风吹草低处
一只黑颈鹅蓦然显现

这是她的舞台　黑颈鹅
当所有的羊　所有的牛　所有的马
都随夜色离去
黑颈鹅还在　那个茕茕的身影还在

一只黑颈鹅固执地站着
在草地中央　在渐渐浓重的暮色中
偶尔也走几步　偶尔
也翕动几下翅膀
好像要把什么东西抖落

即使孤独也是如此高傲
大草甸上的黑颈鹅哟

威海的夜晚

今晚　大海只接待两个人
今晚　最远处的一盏灯
只照亮一支归来的船桅

我的生命中一次秘密的航行
从麦子的家乡到星辰的家乡
一路花开　一路的礼物
种满波浪起伏的田野

在海滨大道上漫步的人们
每一次回首看到的
都是锃亮的短笛
都是空中花园盛开的郁金香

今晚　柔情的大海
溢出的星光　一再让我们
回到那些梦想飞翔的岁月

熄灯号

熄灯号响起时　我正在读
特朗斯特罗姆

我的身边是一座军营
营房的窗口一瞬间就集体合上眼睑
我能够想象一排排警觉的枪支
此刻静静的　锃亮的枪管
在暗夜中发出钢铁机智的幽光

现在是九点半　我至少还要读一个小时
在这个晚上　在熄灯号之后
特朗斯特罗姆的诗句温和地闪烁着
像是儿时　我们一抬头
就能够看到的那些亲切的星光

不远处是海湾　隐隐约约的潮声
催眠夜色中的岛群

领舞者

你张开臂　你转动腰　向前跨步　然后
向左旋转　扭动胯和肩
你的腰让篝火的光焰变得柔和
你站定的一瞬　一颗星星从夜空划过

这只是一场商业演出
为我们这些无所事事的游客准备的
夜生活的佐料　但是你不是
你的舞蹈与我们无关　与这个晚上的
篝火、掌声和主持人的矫作无关

你只是为自己舞蹈
因此你在舞蹈中消失　在舞蹈中
成为这个秋夜的一部分　成为我们遥不可及的
星空和远山静穆的轮廓的一部分

白洋淀卖莲子的小姑娘

她就坐在湖岸
在她的身后一片宽阔的水波上
几朵迟开的莲花展示它们最后的微笑

她静静地坐着　她的静穆
让大平原上渐渐到来的黄昏有了重量
几只越飞越高的鸟终于折回头
回到一片同样静穆的杉树林
她竹篮中的莲子　浑圆　饱满
保持着莲的矜持与超脱

在她身后更远的地方　大平原上的落日
缓缓下沉

在长白山中的一座小站等车

早晨六点钟
我在大森林的边上坐着
等待车轮撞击铁轨的响声

淡淡的雾气挂在白桦林的树枝上

我不着急　晚点或者不晚点
总会有一趟列车
把我送到我想去的地方

鸟鸣声在树林中渐渐荡漾起来

黑陶之舞（五首）

假如有什么可以不朽
我选择黑陶

黑陶·酒器

酒器是一组星辰　黑色的
与我们看到的星辰不同　在明亮的天空
它们排列的顺序随遇而安

有时候杯在左　壶在中　盏在右
也有时壶在左　盏在中　杯在右
在酒器上经久不散的
是弥留的酒香和几只无拘无束的鸟

对酒当歌的人从最后一次沉醉中醒来
他看我们的眼神
因为迷离恍惚而清澈见底

他摆放酒器的顺序是：
盏在左　杯在中　壶在右

黑陶·母亲

伤口愈合之后　　一对硕大的乳房
饱满了远方的夜

黑色因此成为最温柔的颜色
大河静止　　野性在釉光中匍匐
一只猫在归来的路上放慢了脚步
林木摇动像一千只摇篮

鸟儿归巢　　天空保持完整的蓝
甚至星辰的到来都无法改变
丰盈的汁液　　当所有的欲望都变得过剩
我们接近一次完美的播种

在大河岸边站成密密一片的我的先人
黑色的长发飘动亘古旗语

黑陶·祖根

起始于快乐　　结束于痛苦
涨潮之夜　　其实所有汹涌的水
都流入同一条河流

也许夜空并没有注视他们
星辰过于年轻　　铺满欲望与寒冷的床褥

总是与天空有太远的距离
我们从土地上获得的一切仍将归还给土地
唯有生涩的绽放　唯有绵延的根
属于匍匐着的我们

一块石头的顶端　黑色的釉光
肆意闪烁　我们在坠落中的飞翔
从此写入神圣的法典

黑陶·鸟

积云粉碎　从深处崩溃的墙
和提前到来的雷声
让一个季节变得短暂
另一个季节令人厌倦的冗长

当我们忙碌的一切都成为一次
没有收获的播种　一只鸟从黑色的背景上飞起
于是宁静有了飞动　黄昏有了深度
林木苏醒　敞开通往天空的道路

我们仰望的目光在那一刻
重归清澈　随之飞翔　随之
在更加高远的天空寻找到庄稼　河流
和一只木船船桅上的灯火

制　陶

捏土为器
烧土为陶

生长椒禾的泥土
生长蒹葭的泥土
谁让我的祖先将一抔泥土
烧化为简单的飞翔

圆润如东方之月的陶哟
幽黑如大地之瞳的陶哟

炉火炙热　坐在一条河流的上游
制陶人抚水而歌

在《诗经》中涵泳（四首）

一只鸟拉开诗歌的早晨

关关雎鸠，在河之洲。
——《关雎》

那个年代的纯净
从一声鸟鸣的清澈就可以看出

风吹散河上的薄雾
诗歌的早晨
由一只水鸟的翅膀拉开帷幕

当我知道那条河流依然流经我们的早晨
我希望我是一条无鳞的鱼

那些简单的盟誓一再让我感动

执子之手，与子偕老。
——《击鼓》

一匹马治愈自己的伤口
在想象的归途中一再踩亮了黎明

天堂很远　尘世的路已经足够漫长
因此在上路之前　我们不想身后的事情
所有的美好都在途中

为什么那些简单的盟誓一再让我感动？
高挂天空的星辰哟
你们见证了什么？你们能够见证什么？

岁月苍老　而在一条河流的上游
鼓声依然年轻

春天，我要向一棵桃树看齐

桃之夭夭，灼灼其华。
——《桃夭》

你的春天起始于一枝桃花
粉色的桃花　单瓣的桃花
五瓣微笑护佑你的幸福上路

当花轿在一座山脚下暂停
乡野中　农人的祝福

像刚刚长出土层的庄稼一样干净

花朵　果实和健康的树叶
这个三月我要向一棵桃树看齐
为一生的幸福迎娶我的新娘

一件花夹袄在黄昏飞翔

桑者闲闲兮，行与子还兮。
——《十亩之间》

十亩之间（肯定是早春季节）
一群采桑的姑娘　她们的身影
在阔大的桑叶间像蝶儿一样飞来飞去
一件花夹袄对她的姐妹说
天快黑了　我们回家吧

十亩之外（现在春意更浓了）
采桑的姑娘走在回家的路上
她们飞过青竹林　飞过番瓜花的篱墙
那一件花夹袄　渐渐
融进暮色和青瓦上的炊烟

我站在很远很远的地方
望着望着天就黑了　望着望着

满城灯火就遮没了
十亩之间和十亩之外的一切

风暴过去

风暴过去　一颗星
或者是谁举起的一盏灯
在远处的山冈上照耀

还有什么比宁静更加宽广
我们期待的生活　幸福和梦想
像我手心的掌纹一样清晰

静坐在夜色中的旷野上
风暴之后　我和大地
重新回到相互倾听的姿势

大河以北

大河以北　一片
宽阔辽远的大平原
曾经是我所有的食粮
供养和藏存之地

无论是春天还是秋天
庄稼总是令人信赖地生长
它们从天际的一端奔涌而来
向天际的另一端奔涌而去

大河以北　一口水井
那样浅　只不过一夜小雨
它就盈盈地溢出
村庄在黝黯中匍匐
像一只怕冷的猫

大河以北
一杯隔夜的茶
凭谁品味?

深秋的河流

收获过去　空阔的田野
让一条大河变得深邃

这个季节　天空
排满鸟儿们归去的道路
总有人在拂晓跨过河流
寂寞的旅行者和高空的雁群
浅翔如鱼

在目所能及的流动中
大河保持宁静与安详
一如我们的生活
波澜不惊　在收拾农具
或者凝神一捧谷子时
已返回最初的港湾

从现在开始
大河进入禅意

深秋的乡村

收获的日子已经过去
土地像初生儿一样袒露

秋风和第一场冬雪之间
一座座村庄不知所措

走在田岸上的那个人突然站住
他的一声吆喝
直立在空旷的田野上

正月二十三，送蕾蕾返校

从元宵节开始　这座城市就一直冷
雨水比往年多了十倍
我办公室窗外的几株梅花
开了一半就谢了　光裸的树枝就像一场球赛
才打到一半就结束了　我们看着空空的球场
目瞪口呆　你把没有晾干的衣服包在塑料袋中
和一瓶纯净水与方便面放在一起
火车在下午七点　南站　出发的时刻
据说有雪　据说零下四度　据说……
好在你一路向南
车比雪跑得快　车比寒冷跑得快
你睡过的床理得整整齐齐　丢下的一件夹袄
还暖暖的　不过这和玉兰花与桃花
这些依然蜷缩在枝上的小花骨朵
它们开花的迟早无关

第四辑

沉默与智慧

债

他们替我们死了
但是我们并没有
替他们活着

有多少人？
一百　或者一千
一百万　或者一千万
数字一经涂涂改改
就隐藏有生者的卑污

死者不说话
死者也不向我们伸手
死者只是沉默地
在我们回家
或者去一场宴会的路上
站着　等候我们

偶然　摘下帽子
让我们看见深深的眼窝中
没有闭上的眼睛

南川河

水是绿的　阳光是暖的
叶子已经落尽的柳树下面
垂钓的人端坐

北方正在落雪
寒潮南下在预料之中
明日就可能寒风堵门
也可能是一场雪
铺天盖地　积久不化　冻彻冰河

漫漫逝水静如处子
垂钓的人静如处子

有鱼　抑或无鱼
其实并不重要
即便是水中的一尾暖阳
此刻　也值得一钓

霜　野

一匹素练
轻寒如浸

庄稼已经收割
田野上不见一个人影
乡路的尽头
唯一棵乌桕树孤立

听不到鸟鸣
在矮树丛中居住的鸟儿
都已经去往远方

天空中的蓝
有一点儿失落

一条河流

他们反复告诉我
这是你唯一的河流

在不死的波浪里
我游荡　或者
划一条没有舵的船

水草的窥视
有深入骨髓的冷

像所有无功而返的事业
我们在试图逃离中
坚守到无可救药

最后的结论是
这不是河流的错

大　寒

斯日无风　无雨　无雪
因此寒冷不是风带来的
不是雨和雪带来的

寒冷来自高处
来自天空无法看透的深邃
来自那空阔中隐藏的
太多的存在　太多的可能

寒冷也来自时间
来自一只挂钟永恒的逼供
来自明天　一条河流上
无端漂流而来的冰凌

寒冷还来自寒冷自己
来自我们体内积蓄已久的
对于寒冷的恐惧

传 奇

那只豪华包装的礼盒
我们确实期待已久

从小心翼翼地打开
直到我们看清楚所有的家底
还是没有一件
值得收藏的礼品

钟

山洪冲毁寺庙时
大钟被埋进废墟

撞钟人听见
钟声还在响

撞钟人不信
他坐下来仔细听
钟声真的在响　在倒塌的大墙
一堆废砖残瓦中

像昨天一样响
像前天一样响

于是　撞钟人知道
那口钟
从来都不是他撞响的

轮　回

一根枯枝　也可能悬成
七星连缀的天象
我们便相信它代表上帝的光

道路失去所有的可能
流刑犯在判决书上画押
叩谢刀笔吏和手持惊堂木的父母官

在无名之地　果树风化
硅化木坚硬的尸体
需要更多的胃酸消化

腐烂的气味和不肯腐烂的
记忆　上升为哲学
为集体性提供个体支撑

一只手臂　固执但却
温和地举着　保留着中学生
要求发言的姿势

在夜行列车上远望一座城市

需要多深的黑暗
才能将这些影子完全掩没？

一千只训练有素的猫
在细雨中集体假寐

那些蓄谋已久的阴谋
那些轻易得逞的谎言

一片楼群掩护另外一片楼群
一片灯火呼应另外一片灯火

比黑夜还要黢暗的暗
保持沉默的人已经丧失语言

能够载入历史的事件
没有一桩会在今夜发生

盖　棺

是亦是　不是亦是
是与不是　木鱼说了算

明白的人守口如瓶
不明白的人才海阔天空

满世界落黑色的雪
雪中的人都戴白色的帽子

谜底早已经大白天下
还有人在反复竞猜

面对空无一人的观众席
一段台词背诵得行云流水

谁把弱智装得像真的一样
谁就能赢得大奖

雾霾中的城市

我们永远读不懂
那些黄色或者橙色的警告

楼群模糊
面孔模糊

一个谎言隐藏另一个谎言
一个假象掩护另一个假象

一场预约的雨
还在半空便已经风干蒸发

车灯　恐惧的眼睛
一长串没有身体的俘虏

青石谷

在青石谷　一只躲过了瞄准镜的兔子
没能躲过草丛中的套索

在青石谷　结完果实的树被砍倒
石头被风赶来赶去
溪流终止了封冻　但是河水已经浑浊

在青石谷　反复被放牧的羊群
对狼影迟钝　但对鞭声保持着警觉

博物馆

在这儿我们从未获得过尊重
那些展品注视我们
从不同的角度　傲慢　睥睨一切

逝去的永远都在高处
因此一只面具无法撼动的真实
远胜过我们苍白的生存

放到历史的铁砧上经受锤打
我们中有谁会成为一件旷世展品
僵硬　但却永恒

参观留言还是一张白纸
白得像一只鸟儿飞过的天空

城　市

沉迷在自己的想象中
无数楼群朝向夜空宣泄它们的存在
而它们的影子低垂　投射在马路
和驰过的车流　一个世纪的压抑
速度在起跑线上就已经预约
没有人为未来买单
路灯先于我们抵达黑暗
从流水线上下来的人们　批量生产的
欲望与疲惫　向灯火辉煌处漫延
天空尽可能压缩　这时候等待星星
像等待处女一样无望

台风过去

天空恢复平静　　岁月的缝隙中
呈现我们曾经见过的蓝

气温回升　　但还保持着
可以接受的节制　　你的小马驹
还在远方牧场咀嚼青草和往事

风还会从海上吹来　　熟悉的道路上
陌生人的身影像一首歌
唱着唱着就回到原来的曲式

遁入空门的人开始筹划
开垦一块地养活未来的读经声

参观一座城堡

在城堡　石头成为崇拜
像原始的图腾　它们和水的结合天衣无缝
垒砌所有的岁月

航行只是一次演练
帆的原型起始于童话　掌舵者以古老的谣曲
催眠波浪

在城堡　灯光分散在潮湿的大墙上
幽暗中的光斑匍匐着
光滑　警觉　像一些时刻准备反扑的蜥蜴

言说者

那秘密到来的一切
在抵达之前已经死亡

当你们放弃了诉讼与赔偿的权利
果树便放弃了结果
鸟便放弃了筑巢与飞翔

收获荒芜的人坐在深秋
挂在屋檐下的犁锄
擦洗得一尘不染也会在休眠中生锈

没有了渡口
河流开始新一轮熟悉的流淌

归　来

当王朝在血腥中更替
你骑一匹马去追赶落日

大旗凋敝　你并没有
分享那一杯残羹　你的归来才成为一道光
让埋藏已久的瓦罐
在照耀中有了满载泉水的幸福感

关　注

一只酒杯的形状　玻璃上的花纹
它们和杯中物之间
公开或者隐秘的联系

一整晚的宴席上
我只关注这一件事

我甚至没有注意到酒液的颜色
是更接近可乐的深棕
还是被冲淡了的血浆的浅红

那 边

他从那边来。
他带来了那边的气息、风声、夜。
还有一支烟点燃的火光。

他走了。
他说：我已经来过。他说：没有人不走。
走，是迟早的事情。

他回去了。回到那边的气息、风声、夜。
远远的，我只看到一点烟头燃着的光。
静静的、忽明忽暗的光。

灯

那是一位远行人的灯。
他走出那片树林时，
道路在他面前、在星光下蜿蜒伸向远方。

他把他的灯挂在林边的树枝上。

夜色黝黯，一盏随风摇晃的灯，
就让空旷的原野和深陷在暗夜中的树林
生动起来。

就像是一整座果园，
被唯一一颗果实照亮。

风过原野

风吹过原野。
风从原野上带走了什么？

种地的人说，风带走了秋天。
流浪的人说，风带走了道路。

一个盲眼人坐在风中，他说，风带走了声音。
带走了雷声。
带走了雨声。
带走了河水拍打沙岸，或者鸟儿回到树林惊动树叶
那些细微的声响。

盲眼人还说，风还带走了风声。
风，带走了它自己。

十一月

十一月，秋风吹空整座山林。
是一只蝴蝶，
作为最后一片树叶从高处的树枝落下。

谁与谁相约于金秋？
谁又与谁恩仇江湖？
独自行走的人停下脚步，他在想距离山寺越远，
为什么梵钟声越来越清晰？

遍地黄金，只有握在手心的一枚硬币，
是我们远行的盘缠。

黄昏的羊群

在一片草地上，它们
静静地吃草和缓慢地移动。

下一刻会发生什么？
它们不知道。它们也不预测和思考。
此刻，就是一生。

落日下沉。千百年来，
不，比千百年更久更久，太阳就这样升起和沉落。
风就这样吹过草甸。
羊群就这样静静地吃草和缓慢地移动。

在它们身边的河流，流淌或者不流淌，
都是它们饥渴时唯一的饮水。

山　僧

听见秋叶落在石阶上的响声时
坐禅人就知道
上山的人越来越近了

在闭目诵经与进山采药之间
他选择了后者
这时候飞进林子的还不是最后一只鸟

山路一如既往
越往高处秋意越深　满山坡的小黄花
有一些是野菊　也有一些不是

随风而逝

一片树叶落下之后
另外一片树叶也随之飘落

它们之间有什么隐秘的约定？

抑或　那只是偶然
只是风的手掌在太多的穿花拂柳过后
意兴阑珊　一次即兴的试笔

树叶和树叶随风而去
它们将去往何处？哪里是它们的归宿？
它们自己不知道

吹落它们的风　可能也不知道

看 秋

西风吹黄叶落地
东风吹黄叶落地

看秋的人坐在树下
看得久了
他弄明白一点
是那些树叶想要落地
才让风这么吹的

洞　箫

他把月色吹奏成一瓢凉水
他把柳树林和夹竹桃吹奏成野马冰河

这古老的乐器
吹箫人用一种方式
拒绝远方的邀约

因为这箫声
今晚　世界被分成两部分
一部分是灯光下面
灰色的楼群　行道木　马路和急驰而去的车流
另一部分是箫声擦亮的事物
它们在空阔的暗夜中像银子一样锃亮

遥　远

多远的地方称之为遥远?

一脉青山　最远处那一抹
淡淡的影子在遥远
落日在遥远
一条大河深不盈尺的源在遥远

一个人在河岸
恬淡　静穆　他的身影
坐成一块石头　他的目光
只随落日的沉落
而缓缓下沉　他在遥远

敲

走夜路的人
从路边捡起两块石头
他用一块石头
敲另外一块
他敲着　空中就有了两颗星
他敲着　地上就有了两盏灯
他敲着　我们就知道
一个人回来了
他的寂寞与孤独
像夜一样宽

不　朽

在泸沽湖畔的摩梭人家
祖母屋中　一个老人守着火塘
有着火光一样光泽的水壶
壶嘴正喷出水汽
吱吱的声音就在被烟气熏黑的屋子里响起
老人在添加柴火　遵循古老的遗训
她必须保持那堆火焰的旺盛
对于她　永不熄灭的火塘和擦洗得锃亮的铜壶
就是不朽

敲门的人

有人敲门。他一边敲
一边喊一个人的名字。

他不是喊我。那不是我的名字。
他喊的人听起来有一些熟，好像是我的一个朋友，
又好像是某部电影中的人物。
但不是我。

他还在敲门。他敲一下
就喊一声名字。敲一下就喊一声名字。
整个夜晚敲门声和那个人的喊声，
像守夜人的竹梆一样固执地响着。

他喊的那个名字真的不是我吗？

白 衣

武功高强的人
在屋顶上疾走

他来自何处？
他师从过谁？仰慕过谁？承诺过谁？
在何处　一怒
青锋出鞘　剪除一方恶霸？

仗剑于世　免不了
明枪暗箭　外伤内伤　九死一生
他是怎样得以全身？

此刻　他又去往何方？
是去了结一桩宿怨？抑或是
退隐江湖？

一片孤独的雪
飘过夜的空阔

狂　草

一喝酒便醉　一醉
便书法　便狂草

笔走龙蛇　纸惊风沙
无人　包括他自己
能够管束那一管秃毫
时而　覆晴天为暴雨
时而　揽日月于片云

一点　能捅天空一个窟窿
一折　直弯入地府阴曹
一竖　列十万大军
挡不住欲来欲去的路

不供天王老子驱使
懒听行家里手热议

独惧酒醒
人醒来　笔醒来　剩一纸
墨迹　酣醉
如在彼岸的陌路知己

壁　虎

蛰伏于一堵墙体上
壁虎体现一种哲学

动　还是不动
取决于它对环境的判断
以及一粒微尘的欲望

风吹树叶　晃动的影子
在墙面上舞蹈
此刻需要镇定　保持
对动与静的理性认知

墙足够宽大　这个世界
足够宽大　所有的个体
都要学会在缝隙间生存

壁虎只是佯装的弱者

一坛好酒

一坛好酒的要素是——
醇　甘　香气馥郁
入口如茶　有少女羞涩般的微苦
回味无穷　有历经沧桑后的厚味
色泽淡棕　二分红
透彻要老而弥坚
深浅要春水一泓
当然　它要装在一只陶罐里
用泥土密封　没有打开之前
嗅不到一点儿酒味
让人觉得那就是一只来自乡间的
笨拙的有些胆怯的旧瓦罐

简　单

一天是如此简单
一个月是如此简单
一年是如此简单

临近岁末　盘点过去的一年
无非是一棵已经苍老的树
又值守了一年的空白
又重新失去了一些已经失去的东西

无非是有人到来
有人离开　到来的和离开的
都是那空白的一部分
都是那失去的一部分

登山的人还在登山
在山脚小坐的人还在山脚小坐
石头上的那张树叶
也可能是去年落下的一片

后　退

进入这个年龄段　后退一步
可能是必然

逢山后退一步
遇水后退一步

看见开花的春枝后退一步
看见结果的秋林后退一步

自己走过的大道
自己跌过的跟头

再后退一步　再后退一步
你就闪出了所有的路

大地空空荡荡
无水　无山　无树

暮 归

黄昏到来的脚步
稍稍有一些迟疑

风有点凉　天空保持最后的纯蓝
没有飞鸟　唯一个树叶落尽的树冠上
空空的鸟巢
像是谁托举起的孤寂

道路依旧蜿蜒
曾经想去的地方还在远方　那些地名
依旧是偶然闪烁的星辰
壮怀激烈已成云烟　而此刻

最想煨一壶暖酒
依窗坐对夕阳

想起海子

我们没有他那样的忧伤
我们没有他那样的痛

他的麦地　他的草原
他的姐姐　他的死亡中的野花
他的众神他的海他的
忧伤和痛
静卧在铁轨上　这如此锃亮的
铁轨哟

列车过去了
列车进站了

上车的人如愿上车
如愿找到自己的座位
他们放置好行李
坐在窗口看一路的风景

我们没有他那样的忧伤
我们没有他那样的痛

并行的铁轨
两道寒光

年　关

年近岁末　总有一些
未了的事情

茶杯解决不了的问题
不妨试试酒杯
有时候醉着比醒着清醒

骑一匹马在一条道上跑死
不如到另一条道上
拦劫一辆奥迪　或者凯迪拉克

这些天总接到无名者的电话
向我推荐做白银买卖
但是他们一两银子都没有

姿　势

走过那棵树时　你稍稍
弯了一下身体　那个动作很轻微
就像是风
轻轻摇晃了你一下

我知道你是无意的
你只是下意识地对那棵生长在山中
一直都被人们忽略的树
表示了尊重

那棵树也很轻微地
摇动了一下　像一个谦谦君子
对另外一棵树
表达了它的友善

那时候山林是寂静的
野草的芳香溢满山谷

荒　凉

一辈子总有那么几回
需要穿越荒凉

我们种植了柳树和草
不要以为大地从此就是绿色

活着　我们就在尘世
在尘世　就要经受尘世的戏弄

把掉下来的纽扣拾起
重新缝回到外衣上

一杯茶喝到寡淡处
才知道百味皆如水

侧身而过

回到乡间　在一座老屋中
坐下　谷子金黄
秋天在窗户外面波动

这时候还有人出门
渐行渐远　身影像一叶帆
从波浪间侧身而过

有一些东西是你的
也有一些东西
其实你从来都不曾拥有

十一月是谦卑的一月
一阵风过去　大地
像一只空水碗一样安静

清　明

清明过去　扫墓的人们
从乡间或者城市的郊外陆续归来
重新回到各自的位置
短暂的假期　面对灰黑色的墓碑
面对隆起的记忆与哀伤
面对纷飞的纸灰
包括面对泥土　面对桃花梨花杏花
和在风中摇动的白茅草
在回到日常的忙碌与喧闹之前
一小段宁静
像是一次小小的休眠
小小的脱离尘世
小小的　死亡的享受

走　过

这个夜晚的伤感
是从那些灯光开始的　我走过小街
双手插在衣袋里
像一个正式的流浪汉

灯光暗淡　像一排排
关着的门　我注视它们　想象不出
哪一扇有打开的可能
夜铁锭一样缄默　从不打算倾听

我一个人走着　一个人
我想起儿时　就是这样走过家乡的小镇
许多年过去
我还是这样走着

我不知道这条小街和那条小街的区别
我甚至不知道我走在哪里
街长得没有尽头
那些暗淡的灯光没有尽头

异乡或者故乡

都没有人在路的那一端等我

遇雨亭遇雨

你坐在一片雨中
我坐在另外一片雨中

时空一次小小的失误
雨和雨擦肩而过

我想应当和你握一握手
一伸手却只抓住几声鸟鸣

不知道再过三百年
谁会乘坐又一片雨而来

远山从白雾中浮出时
一杯龙井茶正喝出意境

钟　声

秋雨只轻轻一抚
钟声就干净透亮了

双手合十　石阶上的僧人
迎送往来的浮云

飞回树林的鸟
如愿成为一片深褐色的叶子

黄山莲花峰

谁的拈花一笑
被白云的手掌半掩半撩

赶来看花的人
在风景中伫立

他看莲一会儿是莲
一会儿又不是莲

他看山一会儿是山
一会儿又不是山

沧海桑田　地荒天老
看花人浑然不觉

三　僧

一僧在大殿念经
二僧在后院浇菜

念经的僧念得认真
出家人尘心已远
读经声云来云去

浇菜的僧有说有笑
好像他们不是用水
而是用笑声浇两畦菜

深山里的寺院
白菜和香火
都生长得很茂盛

经　络

被人猜透的痛苦
甚至不给你表达的权利

酒精调制到微言大义的境界
便兼具消毒和麻醉的功效

针入三分是治病
针入五分就是谋杀

粉墙上的人体挂图
保留着一个人完整的尊严

梨　树

梨树开花　今晚
月光下梳理长发的那个女子
在远方洁白地开放

把钥匙从锁孔中拔出
这时候　选择一种方式
与这个世界和解

更轻的脚步和更轻的呼唤
幸福　或者痛苦
可能都不及一朵梨花真实

白乐桥

在白乐桥　一座白色的小房子
门和窗朝向溪水
和每一个新鲜的日子打开

在白乐桥　梦在白昼就开始漫延
一张藤沙发上面
睡着早霞和三月预约的惊喜

在白乐桥　当我们忘记
如何让自己沉醉　就穿过那条隧道
去赶一场久违了的醇酿

归来的时候便以为自己
已是满天星辰中的一颗

放　弃

一只鸟儿放弃了天空
一盏灯就放弃了对它飞翔的照耀

一条河流放弃了流动
两岸的土地就放弃了孕育和生长

思想者放弃了思考
人类就放弃了对星辰和未来的仰望

相爱的人放弃了爱情
乞丐就放弃了他身前的那只空碗

三星堆：沉默与智慧

1

青铜与青铜之间
无人守望的沉默

犹如列车穿过夜晚的旷野
我看到的灯

2

回旋的走廊
向上只是一种虚拟的意向

谁这时候回头而望
谁就将成为一件展品

3

只有极度干渴的人
才会挖掘已经干涸的河床

俯仰皆是的捡宝人
已经把世界捡拾干净

4

推倒第一张多米诺骨牌的人
并没有推倒第二张

一个王国就那样
在瞬间失去支撑

5

丢失权杖的祭司
四千年前就已经走下祭坛

他的聪明在于
还保持着握杖的手势

6

对于一只陶罐的依赖
我们已经延续了数千年

而这些青铜面具后面的目光
依旧锋锐

7

太多的门　以至我们
找不到一扇门

太多的方向箭头　以至我们
始终认不出方向

8

沉默的回旋和回旋的沉默
向上　抑或进入更深的黑暗

没有人比我们自己
更有智慧

跨 过

跨过那条大河就看到你
北方的河流　流淌着
与生俱来的豪气与忧郁的河流

七位天使还在归来的途中
七只大鸟还在高空中盘旋
七枝仙客来还在含苞的睡梦里

一座温暖的小楼
淡黄色的外墙什么也不象征
窗户外面是海　夜色降临时
塞壬女妖的歌声摇篮曲一样响起

最后的积雪不是理由
轻霜与依然结着薄冰的早晨不是理由
我跨过那条大河　我的鞋上
沾着青草勃发的南方的泥土

七枝仙客来还在含苞的睡梦里

蓝茄克

那应当是你的蓝　一小棵
风信子的蓝　一朵矢车菊的蓝

在古旧的街道和蒙满灰尘的日子里
我们反复行走　对于光与色
已经失去了判断　是你的蓝
在那个上午　重新唤起新鲜与美好

从一口水井到另外一口水井
清冽是夏天的主题
重回小镇　在成为一只归燕之前
我首先成为一颗水滴

那是你的蓝　一瞬间的
照亮　一瞬间的永恒
岁月依旧蒙满灰尘　我仍在行走
长路遥遥　一朵蓝　遥遥

姑　妈

她凑近我的耳朵说话
她以为我像她一样
已经半聋　或者比她更差
就是一个聋子

我没有挪动
就那样一直听她说话
她口中吐出的热气在我右脸颊上
蠕动　轻轻地抚摸

这样的谈话持续了三分钟
也可能还要长一些
然后她离开　坐到靠窗的地方
凝望远处的天空

那儿什么都没有
没有飞鸟　也没有一片云

大雪过后

去年这个时候　也落过
一场雪　我的一位大学同学
突然查出脑瘤　就在那个落雪天
动的手术　在浙二医院

如今他还在化疗　对于未来
他充满信心　我给他打电话的时候
他说他很想到校园中走走
沿着启真湖　看雪中的柳树和桥

这个世界总是在意想不到的时刻
让我们留恋　一场大雪带来了寒冷
也带来了其他一些东西　大雪铺地
我突然明白我应该做些什么

今天　我不看书　也不写诗
也不做别的事情　我去看雪　我是一只
纯粹的鸟　出门的时候
我把手机放在家中　今天也不接电话

平安夜

打开邮箱　关于平安的祝福
在今晚接踵而至

星辰也从远方归来
在我的校园的上空
神秘地闪烁　带来一岁之末的光亮

平安　久别的同学
平安　我的亲人们
平安　在远方思念我或者还没有
想起我的朋友

我突然感到如此的孤独

大地静谧　在微光之中
显示灰暗的轮廓
万物生灵哟　你们　平安吗？

在紫金港看月亮和云

突然就发现　这世界上
还有这么好看这么美的月亮

突然就发现　大片大片的云朵
还和儿时一样洁白和绵软

星辰也回来了　在深蓝色的天空
今晚　它们距离我这样近

在这么宽阔的一片草地上　我一个人
在这么安静的晚上　我一个人

夜静穆　大地静穆　这个世界静穆
尘嚣很远　繁华很远　白昼的我很远

突然就发现　云朵　月色　星辰
突然就发现　澄明　空寂　旷远

我带不走一点一滴
但是　它们都是我的

上海市档案馆

外滩　中山东二路 9 号
一座十一层的建筑　1939 年的楼顶上面
一面法国国旗
俯视黄浦江浑浊的江水

七十多年之后　这个上午
我带着一份介绍信来这儿查阅一段历史
在五楼的大厅　在那些
泛黄的纸页间我小心翼翼穿行
在我右边　另外一张查阅台上
是一位来自南京大学的博士研究生
他为令他痛苦不堪的毕业论文
埋头在一堆缩微胶片之中

偶尔　我会走到窗前
凝望黄浦江和外滩　我本能地感觉到
我要查找的那段历史
和七十多年前这座大楼落成庆典上
演奏的一支西洋乐曲有关
也和伫立在外滩上的海关大楼

每隔 15 分钟便敲响的钟声有关

窗户外面　一些古老或者崭新的高楼
簇拥在黄浦江两岸
而江水只是平静地流淌　流淌
似乎在叙说什么　又似乎什么都没有说

暖　房

她和他在暖房中做爱
在蓬松的干草和薄薄的褥子上
她摊开自己　像摊开
一张没有夹带附加物的麦饼

此刻　她已经不是她自己
尘埃落下来　因为尘埃
她看到光的存在
看到光落在一些物件上
比如农具的刃和被抓握得
釉亮的木柄上　它们和她的身体
是光芒中最锃亮的部分

暖房温暖　她并不知道
这温暖来自何处
她相信上帝　她相信是上帝
让她在这儿　是上帝让她锃亮
就像上帝让土地肥沃　庄稼饱满
让谷草柔软

那个男人离开时
从房门倾泻而入的光让她目眩
她只看见他　走入了光

麦子躺在田里

麦子躺在田里
远远地　我就看见它们俯伏在地上
一堆一堆　像那些上了年岁
越老越听话越老越温和的老人

麦子躺在田里
因为饱满而沉静　因为沉静而智慧
阳光照射的田野上　麦子金黄
大地万物　好像只有它们
不是因为阳光的照耀才闪烁其华
只有它们自己发出光亮

这可能是麦子在田地中最后的时光
明天它们就是粮食
就是仓廪中种田人一年的支撑
现在它们安静地躺着
安静地　在六月的田野上
什么也不期待地等待

一个农人走在麦子中间

淡淡的影子　像我们曾经握有
如今早已忘记的一件农具

石　匠

他打凿墓碑

一个石匠有许多工作可以做
比如打造石磨和石碾　为一座大楼打造基石
比如按照别人画好的图纸或者样品
打造雕像　让它们矗立在街头广场
或者端坐在博物馆中　但是

他打凿墓碑

他很用心地工作
每一锤每一刀都用尽心血
每一个字每一个笔画每一个棱角都有板有眼
只要俯身在一块石头上　他就觉得自己
在做一生中最后一件事

他打凿墓碑

比起其他的石器　包括那些
看上去像活着的人的雕像　他以为一块

站立在坟墓前面的安静的石头
可能更接近永恒

天上草原（九首）

辉腾锡勒草原

辉腾锡勒　蒙语寒冷的山梁
风从阴山脚下吹来　禁牧区的草原
大草甸近乎绝望地蔓延

羊群终于和黄昏一起出现
蓝天白云下面　牧民棕红色的房顶
在无边草海中比落日更加耀眼

一片草坡弯曲的弧线上
牧羊人的身影缓缓移动

在黄花沟草原的花丛中

开黄花的草原　开紫花的草原　开蓝花的草原
花朵和草地一直朝向天边蔓延

我是一个远道而来的流浪者
一路寻找灵魂的安放之地

我把能够见到的每一座房屋都当作家
却发现家仍在远方　仍在远方

花的草原啊　草原上的花
哪一朵花将随我远行？哪一片草地是我的归宿？

敖包远望

被一首歌安放在我们的记忆中的敖包
被月光和遥远的忧伤抚慰着的敖包

静坐在一片低缓的草坡上
嫩草的芬芳　野花的芬芳　落日的芬芳
此刻　我和那个月夜是如此贴近

今晚之后我还会回到那首歌中
有着石头的淳朴和云朵一样纯净的敖包呀
你会一直守护着大草原的月色吗？

草原落日

落日下沉　远方弧形的地平线上
大草原以绿色的手承接这孤独的沉落

羊群还在草地上　它们专注于自己的咀嚼
甚至没有尝试改变一下面朝地面的姿势

在黑夜到来之前一片嚼草的响声
再一次加深了草原的寂静

驱车格根塔拉草原

蓝天高远　云朵像童话一样低垂
羊群缓缓移动　漫过草地和灰黑色的路面

一个囚囿都市习惯于被红绿灯管束的人
现在享受一次肆无忌惮的奔驰

蒙古包的尖顶在草海中浮动
和落日同样遥远的是远山淡淡的影子

我不知道也不想知道我的车正驶向何方
至少在天黑之前　我是一匹脱缰的马

敕勒川

因为什么　我们已经看不到风吹草低处
被一首歌谣定格了的苍凉

天仍似穹庐　阴山仍然以一帧剪影
阻断我们眺望更远处的目光

羊群低伏　那些浅草中依稀可见的蹄印

还在努力承载大草原的旷远与忧伤

听志刚君唱《呼伦贝尔大草原》

那一刻　你带着醉意飞翔
你的一只手扶着座椅　维持失重的身体
另外一只手触摸蓝天和白云

远山和原野随着你的翅膀延伸
开着黄色、紫色和蓝色花儿的草原上
羊群和蒙古包像星辰一样照耀

有着最蓝的天空和最白的白云的飞翔呀
有着最美的草原和最美的诗意的飞翔呀
一只鸟的沉醉如梦如幻

成吉思汗陵

你朝落日的方向只看了一眼
就认定世界很小　而牧场辽阔无边

于是　你的子民把羊群放牧到贝加尔湖
放牧到更远处的多瑙河畔和大马士革

此刻　你驻马阴山南麓那片熟悉的草地
一支铁骑早已成为历史画廊中的雕像

落日静美　大草原依然辽阔
我们能够比你望得更远　却无法松开缰绳

四子王旗之夜

夜凉如水　从格根塔拉草原吹来的风
还带着花儿的甜蜜与嫩草的芳香

广场上的雕像　一页端坐在马背上的历史
在夜色中褪去所有的威严与慓悍

大地睡去　唯有鞭声和一支古老的长调
放牧今夜的月光和我的眷恋

宽　恕

那是她的墓　她的

一小块简单的隆起
一块仿佛随意放置的家具的墓碑
经历过删繁就简
她的一生在这儿已经所剩无几
甚至名字也是改装过的
平淡得像一杯白开水

那些险峰之上的无限风光呢?

大幕降落　舞台从剧情中撤出
表演给世人看的
表演给某个人单独看的
表演给自己壮胆一生仍惊惧着看的
每隔七八年一场戏　如此演技
凭谁还能够承继? 墓前的一束鲜花
恍若隔世的掌声

泥土以掩埋宽恕了她的灵魂

无梦之夜

1

因为那些可以精确预知的痛苦
命运一再低下头

锄草的人放下锄头　羊群在白色的石头和黑色的夜之间
选择了后者
谎言被洗涤得像初生儿一样无辜

2

八月只为潮水而来
关于汛期的警告从一开始就是一场玩笑

草躲身在草的后面
腐烂躲身在腐烂的后面

坐在船尾的人
以一把弯刀为一代人的青春掌舵

3

一个在出生证上打上永久烙印的居民
一条妄想成为鱼的鱼

河流一直都在那儿
它的流淌被赋予神圣的含义　但是它的污垢和邪恶
深藏在无人能够触及的水底

在一整块墙壁上面画一扇门
我们反复成为试图推开门的那个人

4

刻蚀雕像的人开始雕刻自己的墓碑
他的刻刀沿着死亡指示的版图

一尊广场上的雕像和一块让自己最后留名的石头
他现在看不出谁重谁轻

他能够确认的是
墓碑和雕像尽管朝向两个不同的方向
但是都有不朽的可能

5

夜其实是从窗户开始的

当一座屋子被黑暗充满
黑色并不能征服那些寻找的眼睛

如果窗户暗下来
大地和天空就暗下来

一个人一生的窒息从那些微弱的亮光
一扇一扇被填埋开始

6

一直斜倚着门框和那个忧郁的黄昏的歌声
因为最初的暗哑无限延续

一张没有填写名字的空白奖状
一次出发时就注定到达不了终点的旅行

当余下的岁月成为残疾
没有人肯为一次手术买单

7

保留古老的诗意　　一条青石板铺成的街道
它的优越还在于洗干净污垢
或者血迹
都只需要暗夜中的一场小雨

许多年后　一只盛满雨水的木桶
还在博物馆中等待认领

8

羊重新回到草地上吃草时
牧羊人收藏好他的鞭子

春天像我们想象的钟声
从一开始我们就在闭目倾听中沉醉

9

一个寂静的早晨　我重新回到抵达时的站台上
作为一块多余的石头
我从来都不是这座城市的公民

我在等候一趟列车
返回我从未去过的家乡

第五辑

临水报告厅

虎　威

被捆绑在刑具上的老虎
它有限的自由
就是用一只眼睛
观察刑具上的血
而用另外一只眼睛　佯装
对进来的那个人无所谓

自然法则

当所有爬行类的动物
它们飞翔的梦
最终落地　摔得七零八碎

当在天空信步的鸟
我们发现它们的翅膀　其实
和栉风沐雨的锤炼无关

当龙终于还是生龙
当凤终于还是生凤

一只徒有翅膀早已经
飞不起来的母鸡　它还在痴迷
孵化一颗翼龙的蛋

剪　纸

四月失散的鸟
在冬天
回到同一棵树上

它们是一群已经没有春天的鸟
没有雨水和花朵
甚至也没有鸟的鸣叫

野地空旷
提前降落的雪已经涂满背景
预留的几处灰黑色
像是足印　　也像是石头

一群鸟儿的红
一棵树的红
因为失血而无比鲜艳的红

黑　白

把一只黑手套放进黑夜
我们看不出它是黑的

多年后我还发现另一个命题
把一只白手套放进黑夜
我们也看不出它是白的

隔着遥远的岁月看那两只手套
就像看卸妆后的演员
黑与白都只是一层油彩

临水报告厅

再一次　你置身
那个巨大的胃

酸水的气味　食物与食物
拥挤和摩擦之后腐烂的气味
你被消化的速度
直接关系到国家利益

没有人买单　一次次
失血之后　贫血的肌体
终于变异成为
割舍不掉的肿瘤

窗户外面是一条河流
青嫩的水草在水中
有一点飘忽　有一点忘乎所以

寒山寺

没有人相信这是冬天
雪在瓦顶上堆积　我们对寒冷已经失去知觉

读经声经过加工
悦耳如鸟鸣
空与寂　这是早已过时的佛境
万树舞蹈　万树如得道的精灵般舞蹈

进山人的脚步地动山摇时
大佛压倒了修行的庙

季节：谷雨

你把最后一粒种子
放在手掌心搓揉时
谷雨日就到了

荒废已久的田园
是隐藏在深处的伤口
保留了播种的可能

我们已经无雨可待
一把插在地头的铁锹
像孤零零的伞柄

重建耕耘的信心
土地需要一粒
未经戏弄过的种子

国王与侍从

像国王那样思考，
像侍从那样辛劳。
——美国 NBA 广告语

这辈子没做过国王
基本上都是侍从

当侍从不需要思考
这条纪律我一直谨记
有时候也不免破一下戒
思考一小会儿　当然
是站在国王的角度

如今已经年过花甲
终不知何为思考
我不管国王　国王也不管我
只在临水的地方
借一小片地驰骋纸马

夜来看满天的星星

一些亮　一些暗
一些是国王　一些是侍从
他们都不用思考

一枚绿贝

以水母之名
以暗夜天使之名

王朝覆灭
被羁押的公主
手指失血的骨节

沉没于海
沉没于岩石的褶皱
沉没于遗忘

已经隔世的
都是稀世珍宝

复　眼

赌徒手按经典
宣誓诚实与公平

骗子接过百元人民币
退还十元找零

时钟停止转动的一瞬
秩序享受崩溃的快感

一只蜻蜓蛰伏在草叶上
它的眼睛里是整个天空

无　题

他们摆弄那些刑具
如同摆弄
尚未坚硬的性器

水罐还保持着完整
土地已在持续的干涸中
丧失浇灌的价值

守夜人的竹梆声
一再提醒星空　延续
古老的排列

刀　锋

隐蔽于草丛中　一把生锈的刀
像草叶一样无辜　像一条蛇
蜕下的皮壳一样无辜

我们已经很难想象它当年的锋利
寒光闪动　在夜色降临时
让犬吠和孩子们的哭喊一瞬间噤声

只有刀口上隐约可见的血迹
还保存着一个年代的 DNA

余下的人

余下的人站在风中　像落尽叶子的树
像被清除的废墟上一块遗落的砖

余下的人依然孤单　但并不孤独
孤独是过去的事　一旦习惯于身处当下
就像一粒盐溶于水一滴雨落进河流

余下的人是一颗钉子　只要他还站在那儿
一页历史就没有书写完成
一幕大剧就无法宣布落幕

盖棺定论　一座坟墓就缺少最后一锹土

一粒子弹

一粒子弹在我的身体中　一粒子弹
它在我胸部左侧第三、第四根肋骨之间驻扎
它是如此聪明地选择了
这条柔软的通道　这条没有防御的防线

一粒子弹　当它击中我时　我曾经希望
它能够更加迅捷地到达它试图到达的地点
如今我已经麻木　隐隐的疼痛感和它存在的阴影
我已经能够从容面对

再经过一段时日我可能会把子弹取出
这需要一次手术　也可能永远不会
我更害怕一粒子弹从原路退出时的痛

必　须

当我们说出：必须
我们只是表达某种愿望　某种确定的意志

这个世界已经没有什么是必须的
过去必须的现在未必必须
今天必须的　也许明天就是一纸空文

一个曾经为必须寻找火种的人
现在正在试图吹灭大地上的灯

鱼

鱼在水池中乐不可支
鱼在水桶中乐不可支
鱼在水碗中乐不可支

因此　有人就提议
还可以再少给鱼一些水

朗　诵

薄纸上的声音　这最古老的形式
女祭司的手臂代表不可违逆的权杖

我们坐在最后一排　有些暗淡的灯光中
合谋瓜分舞台的演员
摇晃不定的影子投射在一堵粉墙上面
一场大戏　落幕遥遥无期

错过这一刻你将错过一次重生
我们在被催眠中享受到的尊贵与快慰
因为一杯热茶化为乌有

存　在

一个人因为另外一个人的生而死去
不管生者走到哪儿
我们看到的仍然是死者的身影
和死者的面孔

生者活着
但是死者存在

在一块岩石上面种草的人
他更相信石头内部的绿

今　晚

今晚　相互交缠的尸体
在回家的途中遭遇赦免
冤死的人不再喊冤

今晚　猎鹿人带回俘虏
梅花的美丽有一千种损毁方式
他还是发明了第一千零一种

今晚　仍有拖布彻夜洗刷血污
将匕首从胸口抽出的人
赞美刀刃弯月形的艺术

2021 年 5 月 10 日修改

进行时

魔鬼南下
他带来酒 女人 毒品和这个世界
所有的快乐

将一根铁丝缠在脖子上的人
借助闪电
飞升到半空中

有人在华灯初放时上位
有人在晚祷声中卸妆

玉兰祭

——给我的校友 SB

1

玉兰花凋落

经历过秋　经历过冬
但是玉兰花
没有能够跨过春

春风缠绵　春风浩荡
春风的刀杀人无痕

世界过于残酷
美丽才成为美丽的坟墓

2

你一直高傲
但是你不孤独

他们不希望你孤独

他们不让你孤独
他们不容忍你孤独

因此你的高傲
只是不堪一击的防御

3

那一年你回校
主持这座著名大学的
校庆晚会

玉树临风
你几乎夺走了所有人的
掌声和鲜花

又一次校庆临近
但是没有人提起你

4

在我毕业之后 14 年
你跨进同一所大学

我们唱过同一首校歌
我们进出过同一座教学楼

我们有相同的老师
他们教会我什么
也教会你相同的东西

5

大时代中的小人物
谁能够逃脱那张捕蝶的网

摧折一树洁白
其实并不需要
太多的风雨

一滴水无法溢出既定的河道

6

因为美丽而香殒
因为才华而凋萎

7

当大厦崩塌
你出现在一些人必须付出的账单中
那是多么微不足道的一笔

对于你是全部的陨落

权力的犯罪
代价是那样小

8

后宫倾圮

我们确实听到
瓦砾和碎砖飞崩的响声

但是　后宫
真的倾圮了吗?
有朝一日它会不会
重新笙歌如莺?

9

又是一个三月

我从教工公寓
去往教学楼的途中
穿过一片
玉兰花的白色

一群又一群学生
从花树下面走过
他们是你的学弟学妹

小迁河

那是一条不知道从哪儿流来
也不知道朝哪儿流去的河流

当我手中冰凉的竹篙
薄冰凝结又融化　融化又凝结
像一支蜡烛　我知道这个冬天
我无法握紧自己的命运

一个被放逐于人世的灵魂
一个还未命名就已经被删除的名字
在水中晃动不已的水草
它们只是一条河流的附属物
没有生期　也没有死期

我的船只就那样在水上漂泊
我学会了驾驭一条船
也熟习了水性和卑微的懒惰
但是我不知道去往何处　不知道

许多年后　我想起那支竹篙

还能感觉到那些冰凌
在我手中融化时彻骨的寒冷

河边墓地

那时候我以为我的一生
将在那个称作南高桥的村子里
终了　我以为河边的那块墓地
未来会有一小块
属于我的隆起　就像那些
在我之前已经抢先占据了
前排座位的观众

小迁河静静地流淌
它从没有允诺过什么
也从没有拒绝过什么

这个晚上我突然想起那片墓地
想起墓地前面流淌着的河水
假如我一直还在那座村子
假如时间中并没有那一次
偶然降临的神祇
假如我在那片高高低低的荒草中
选择了一小片空地

河水仍会一如既往地流淌
土地仍会一如既往地孕育

茶

谁将这一杯茶　放在
一张旧木桌上
这是一次偶然的遗忘？
抑或是刻意
留给后来人破解的命题？

这只是一杯剩茶
甘　苦　香　涩
离开的那个人都已经品尝过了
因此　不管是故意还是无意
他都不会回来
都不会重新将茶杯端起

茶色清淡　残存的茶叶
在杯底匍匐
很安静　很安静地
像是认命　也像是享受

履 历

这一生的账目
谁给我们签单

死亡已在不远处的路口守候
所有虚幻的光
都将在那一刻消散

这个世界承诺我们的
包括那些一开始
就没有打算兑现而我们一直
都在苦苦地等待的

能够突围到这儿已属偶然
一只没有天空的鸟
应当庆幸它在低飞中获得一隅
足够温暖的巢

低下目光　为了不让
星辰貌视我们

洞　中

在一座潮湿的山洞中行走
最重要的是
你必须放下作为人的傲慢

四肢着地　回到兽类
用所有的爪子　抠紧一处处
凸出的石头　或者
石头与石头间的缝隙

你要与那些被岁月与水
碾磨得湿滑无比的溶石
纠缠　厮混　甚至卑劣地撕咬
你要使出全身的解数
贴紧石壁　使自己混迹为一块挪动着
但不会被摔出去的小石子

当然　走出洞口之后
你可以对所有的人宣称
我是直立着走出来的

古 琴

焚香
净手

让那两只鸟儿
先飞走　让那几片云
先悠悠地飘过
大剧院一样的天空

双目
微阖

好像也不是岑寂
好像我们也不是在
等待
就那样坐着
坐在平静的光照中
欣赏漫长时光中
一段空白
一小节间隙的优雅

谁是我们的今生？
谁是我们的过往？

蓦然一声和弦
轻轻划过的弧线上
时间滑过
边界处的奇点

重新
开始

绝 色

一张白纸的白
一片雪地的白

蛰伏于深山的禅院
山僧步下石阶
他看一眼青山
便敲一下手中木鱼

穿过云和雾
响声里的白

青 灯

灯一亮　夜色
就满盈了

千山沉入静寂
沉入无始无终

千山之中　并不是
只有这一盏灯

你想着　木槌
落下　若花之初开

而大局
依然如谜

青 瓷

繁简之间
一种智慧如釉

一块瓷片
最终
仍将还原为土

修炼　抑或煎熬
你无法说清
攻守进退之间的
情起缘尽

鞭影仍锋利如剑

一声碎裂的响声
百花谢幕
岁月　梦一样深阔

听

山溪说话时
石头不语

树叶满山喧哗时
树根不语

和尚们在大殿上诵经时
菩萨不语

西湖写意

细雨如墨　一笔
省略了桃的红　再一笔
省略了湖柳和柳荫中的
亭阁楼台

剩一片孤舟
在干干净净的湖面上
船轻桨简
正好划回南宋

在刘松年的案几上
寻一处泊位

黄宾虹故居

沿着乱石铺成的山路
我来到你的门前

一幢小楼
一座名叫栖霞岭的小山
站在门外静候
而你踏破的青山
在云雾外逶迤　或卧或立

门启时　它们便蜂拥而入
有一些挂满壁墙
还有一些　仍留在你胸中

风过万壑
月照千山

简

这时候需要一支烛
简在一个人的手中徐徐展开
光影就在竹片上面拂过

风吹沙动
白驹过隙

文字已退居其次
重要的是阅简人的姿势
流水在斗室之外　花影在窗框
此刻凝神　便一生凝神

当一卷卷竹简堆积如山
一个人坐入空溟　成石

砚

说出这个字：砚
便有一种举重若轻的感觉

墨的研转捷徐有致
这像所有需要沉淀的事物
在舒缓与反复中　积累矜持
与睿智　等候笔的到来

落笔如落刀

而砚保持一如既往的沉稳
如一架石磨　碾磨岁月
该流逝的流逝
该存留的存留

晚　渡

舟子何在?
一支豆荚中
睡着小小的豌豆

醒来　醒来
煮一碗苇叶粥
青花细瓷碗
双蝶贴水飞

嫩竹篙　点破云水
渡人过河
渡佛上天

茶　楼

评弹艺人
摆弄他的三弦

板楼需要传奇
河流需要经典
股市需要
小小的休眠

小半碗茶叶
一壶热水
适合慢慢地浸泡

沉与浮
都在意料之中

萝卜花

红的萝卜
白的萝卜

萝卜不知道自己开花
萝卜睡了
睡在泥土下

小南风软软地吹
南风是谁家的妹

绿绿的英子
白白的花
南风坐在白花上

小和尚

挑两桶水上山
山路太滑
一跤
摔成卧石的弥陀

一桶水泼进地里
正好浇菜
一桶水倒在路上
洗干净石阶

那些花儿

才三月　风还暖着呢
它们不是谢了
不是风吹落花　不是委地成泥　也不是
芳华逐水
它们去睡觉

它们要睡很长的时间

睡觉去的花瓣儿
它们在三月里走　在暖风中走
它们走得款款的　娉娉的　端端的
很古典

让你看见
让我看见

春天里

1

七枝桃花是我的新娘
七枝仙客来是我的新娘
七枝含笑　七枝杜鹃　七枝野百合
她们都是我的新娘

2

春天里新娘们抬着嫁妆
寻找我的村庄
我的村庄河塘密布
我的村庄冬小麦还在酣睡
沉重的叶子暗中
许愿给一群无望的白鸦

3

我的一壶酒灌醉了桃花
我的另一壶酒灌醉了含笑和仙客来

春天里她们来到我的村庄
她们抬着我的忧伤
抬着我的新娘中的新娘

4

我的河塘河水干净
我的青麦地麦叶子干净
干净的水和干净的叶子哟
可是我的岁月积满尘垢
可是我的谷仓积满尘垢

5

一顶花轿是我的幸福
一顶花轿抬着全部的春天
我的河水我的麦叶子
我的果实我的岁月
我的仙客来我的桃花
我的满载着忧伤的村庄呀

美国：从西部到东部（十五首）

车行科罗拉多高原

月亮寂静的刀
切割大荒原

每一次手术
都有完美无瑕的伤口

我们才得以从创痛
进入审美

大峡谷

天空敞开　不老泉的极光中
溢出棕红色的酒液

当生长与腐烂　当如此巨大的伤口
都不能让我们有片刻的清醒

我们为一场典仪准备的演讲

要么沉寂　要么成就谎言的圆满

蒙大拿州的"大天"*

谁在豪赌中输光了一天星辰
云块像方舟一样远游

被你放牧的马
在一张白纸上啃噬草原

扑面而来的新城中
藏有我们一直寻找的神器

拉斯维加斯印象

假如上帝要选择一座城市让它成为天堂
那肯定是拉斯维加斯

假如上帝要选择一座城市让它成为地狱
那肯定也是拉斯维加斯

在高速公路上与盐湖城擦肩而过

什么都不会改变
神话与传奇　历史与现实

---

*　在美国，蒙大拿州被称为"大天空之州"（Big Sky Country）。

道路固执地伸向远方
被命运驱赶越过千山而来的信徒
从没有惊惧
也从没有回头张望

落日和星辰
只是暂时分割天空

在黄石国家公园远望雪山

雪峰之外
还是雪峰

我们看不到更远处
更远处被连绵的雪山阻隔

群山苍莽　会有很长一段时间
它们是积雪的俘虏

我们唯一不知道的是
它们是被迫　还是心甘情愿

远远近近的林带
用站立抵抗着沉睡

防波堤

这些巨大的亚麻色的石块
它们以排列整齐的沉默
阻挡喧嚣与冲击

向大海伸去　切割
湛蓝与湛蓝　咆哮与咆哮　绝望
像孤帆一样升起　凝固的火
终结一路狂奔而来的僭越者

黄昏降临　几只海鸟
墨色的剪影携带未知的使命降落
它们一动不动
如愿成为最后一排石头

绿河俯瞰

在林木的深处
在棕红色的石桌与褐色的
岩石的深处
在草丛与耀眼的阳光深处

一个人的寻找
因为深信存在而执着
跑折的马蹄

铺垫一个年代的纯粹

死马点谷地　他立于悬崖之上
如一个完美的惊叹号
于是　一条河流
在所有人的绝望中蜿蜒

此刻　它矜持的流淌
与我们的奔驰同步
而那个发现这条河流的人
已隐入岁月深处

太浩湖之夜

一只如此巨大的碗
被群山托举

海拔 2100 米的高处
我们向往已久的蓝就从山脚涌来
星空低垂　它能够覆盖的一切
都在今夜的湖水中

假如还有什么属于我们
那就是这张长椅　和长椅上面
我们无声的对话　就是我弯下腰

从沙滩上抓起　又从我的指缝间
漏尽的一把砂粒

一再被沙岸稀释　那些涌动而来的浪
夜回归宁静　水回归水
那些晃动的身影　它们从沙滩
一直延伸到湖面　最终消失
最终　回归虚无

在犹他州穿过印第安人保留地

棕红色　无边无际的
棕红色的泥土与棕红色的
台地　这被称为
"桌子山"的高原啊

大荒原　一页历史
曾经如此艰难如此血腥地如此理直气壮地
翻过　保留地　你还能保留什么
纪念碑像谶言一样耸立 *
偶尔闪过的白色屋顶如同大海的浪沫

荒原延伸　荒原无穷无尽地延伸

---

* 在美国印第安人保留地，有许多棕红色的纪念碑一样耸立的山石，
所以这片保留地，也称作"纪念碑地"。

大峡谷像伤口一样横陈
我们已经不可能有更多的选择
车行荒漠　　你甚至觉得
完全没有希望走出
没有希望到达下一个目的地

历史已经翻过　　它再也不能
赐予我们什么　　补偿我们什么
谁能从荒原中重新站起
谁才能延续古老的血脉

哈佛大学的木椅

它们就在路边
在一片草地上

确实有些陈旧了
日晒雨淋　　风蚀霜侵
毕竟只是木椅
斑斑驳驳是必然的
但依旧结实　　依旧值得信赖

在其中一张椅子上
我小坐了片刻
想着某一位大名鼎鼎的学者

甚至是诺贝尔奖获得者
甚至美国前总统奥巴马 *
可能就在同一张椅子上坐过

我的同伴给我照了一张相
我让自己坐得斯文些
尽可能像一个
还有一点儿学问的人

新英格兰的乡村墓地

那些白色的墓碑　白色的
它们静穆地站立着

四十块　或者五十块
或者还要多一些
我看不真切　我在一辆飞快
行驶着的汽车上

但是它们确实静穆地站立着
在乡村的阳光下面
在房屋与房屋之间的
一小块空地上　它们用白色
这最简单的颜色拒绝我们的进入

---

* 美国前总统奥巴马曾就读于哈佛大学法学院。

我也已经步入暮年
现在　我在一辆飞快奔驰的车上
朝向自己的目的地
我希望我也成为
一块安静的白色的石头

我的朋友　你们经过时
看我一眼　但不要打扰我

波特兰的乡村婚礼

一片茵绿的草坪上
几排白色的座椅
和临时搭起的简陋的舞台

在乐曲声和不远处
海水拍打堤岸的响声中
一对新人挽着手
从十月的阳光和亲友们的
注目中走过

就在昨天　拉斯维加斯
一次枪击事件
二百多个无辜者倒在血泊中
但生活仍要继续
就像不能因为一颗腐烂的果实

我们就放弃一整座果园

此刻　大地辽远而宁静
我们祝福这对新人
祝福他们相爱到永远
也祝福我们自己　祝福人类

只要还有人这样手牵着手走过绿草地
这个世界就仍然值得期待

波士顿自由之路

我们没有走完全程
在波士顿　我们只有小小的停留
只有一小段可供选择的时间

从中央公园开始
沿着红砖铺设的标记
我们行进　拐弯
穿过车辆拥堵的马路　再行进　再拐弯
脚步匆匆　有时候
还需要一阵小跑

我们顾不上看沿途的建筑
顾不上看这座城市的风情

我们只是赶路
从一个景点到另一个景点

当我们赶回到集合地
回到那个出发时的原点
对自由之路依旧一片茫然
我只记得几尊雕像和一片墓地
还有　用红砖铺设的
时而向前时而拐弯的路面标记

谷仓墓地

在波士顿市　在一幢幢
古旧或者新建的楼房之间
这一片墓地像是被谁
遗忘了的一段往事

我来得稍晚了一些
墓地已经关门　一个警卫和蔼
但是坚决地拒绝了我进去
看望几个熟悉的名字的愿望

这儿埋葬着富兰克林的父母
几个独立宣言的签署者
当然更多的是那些

银匠　店员　屠夫　放高利贷者

他们中的大多数来自遥远的欧洲
在这片土地上生存并不容易
生前他们走各自的路
艰难谋生　并且渴望自由

现在他们聚居在一起
白色的墓碑相互致意和交谈
隔着栅栏我注视他们　心怀敬意
像注视我远在家乡的亲人

补遗一

我从不曾怀疑

那时候我从不曾怀疑
我每年都会去一趟原林镇，每年
我要去更深的山中采蘑菇
我要去更高的山顶看林海日出

那时候我从不曾怀疑
我会在我的院子里种更多的花
我要请蔬菜地和玉米地
友好地割让出一部分
种上格桑花、铃兰、黄金花
不再清理风信子和蒲公英
给她们更多散漫放肆的空间

那时候我从不曾怀疑
我会有一季从未经历过的
真正的冬天，泡一壶热茶
炉火上煮着饺子、烤着玉米饼
等待一场飘飘扬扬的大雪
和雪后天地皆白的北方

那时候我从不曾怀疑
原林镇呀，这上帝赐予的意外礼物
我如此无奈地
为我的失约向您道歉

这不是一首情诗

那一年　我们第一次
一起去看电影
回学校时　我在路边停下自行车
在电影票上用密密麻麻的小字
写了一首诗
但那不是情诗　那首诗的题目
是《出海》

后来《出海》在《诗刊》
印成铅字　同时还有另外一首
【当时的题目就是《出海》（外一首）】
《渔民的妻子》
发表时我们已经结婚　当然
我不是渔民
她也不是渔民的妻子

其实我从来没有去过渔村
也从来不知道出海时的场景
许多年已经过去
我始终说不清楚那个傍晚

我为什么会写那首诗
为什么会杜撰大提琴低音般的螺号
杜撰那些凝重与深沉

而我们　一直在一座城市
平静地生活　偶尔有台风和暴雨
从不曾惊扰过我们
倒是我们的女儿已经真正地"出海"
在大洋彼岸航行她自己
和我们未竟的梦想

2019 年 8 月 3 日

数　数

女儿小的时候
我扳着她的手指数数
"一、二、两、三、四
南南，你的一只手有四个手指"
女儿不信，她再自己数
"一、二、三、四、五
爸爸，是五个，五个手指"

大约有一年，女儿都没有看透
我那个小小的伎俩
但是她执着地相信她自己的计数
她的一只手
有五个手指，而不是四个

我今年七十二岁。七十二年
我所生活的世界还是沿用
我使用过的花招。他们的计数
有时候多一点，有时候少一点
有时候多得可怕，有时候少得可怜
更多时候则完全相反

把正数说成负数，负数说成正数
天上地下，冰火两重天

这时候我只好学习三岁时的女儿
再数一遍，扳着自己的手指头

2021 年 1 月 16 日

在涅瓦河边散步

这是彼得大帝的河
是叶卡捷琳娜和她众多情人的河
是沙皇亚历山大和十二月党人的河
这也是陀思妥耶夫斯基和车尔尼雪夫斯基的河
是普希金的河
是阿赫玛托娃和普宁的河

早晨三点半
圣彼得堡刚刚醒来
这座黑夜短暂但从不缺少星辰的城市
涅瓦河的波浪　在每一条支流中
流淌深不可测的幽暗

那些楼群的灯还未熄灭
隔水而望
这些灯光映照的建筑
承载着一座城市古往今来的辉煌
而在水中　一道道光影
摇动着　虚幻的美
让我们不知道该相信哪一个才是真实的帝都

昨晚断开的大桥此刻还未通行
桥面高高吊起
一个早起的老人已经在河岸垂钓
他身体前倾　俯伏在江边的栏杆上
我停下来看了好一会儿
他什么都没有钓到

若尔盖唐克镇

在唐克镇
白水河与黄河走了很远的路
到这儿想起来
还不如汇成一条河
合一块儿能走得更远

在唐克镇
天穹之下，一条大河白亮白亮的水
左转弯、右转弯
直到把我们都转晕了
才浩浩东去。留下我们
呆呆地站在这儿

在唐克镇
我们不知道此去的河流
还有多少弯
我也不知道顺流而下
还会有多少山溪支流
越过莽原、峡谷、丛林
携一腔热血加入

在唐克镇

黄河流过一座里程碑

往后的湍急与舒缓，宽阔与狭窄

都是她的命运的水涨水落

偶尔也会断流

那也只是一条大动脉短暂的血栓

一旦热血偾张

便是浪激云天、鼓角震野

便是任谁也不可阻拦的一泻千里

在唐克镇

我们一程程登高

目送一条大河远去。夕照之下

她仍在流淌，流淌……一往无前

那身影

悠远。苍凉。悲壮

2021 年 3 月 8 日

知 青

插队八年　终身
都是知识青年

一杯隔夜的茶
泼不去　倒不尽

不想再尝也得喝
苦也得喝　涩也得喝

恍然回首　还是
村口的那棵皂角树

望尽岁月尘烟
来也无路　去也无路

2013 年 3 月 30 日

335

青 春

那时候以为　失去的时光
还能够追回来

赶了一生的路
一生起早　一生贪黑
一生都把自己
捆绑在一个哲学名词上

如今　我已经放下
所有的行囊
厌倦旅行　只有最后一个目的地
还无法从日志中勾除

才发现一条漏水的船
桨和舵
一阵空忙活

2013 年 3 月 30 日

知青岁月

在一座名叫南高桥的村子
我种了八年地

我像一枚钉子
按照别人的意愿被按进那片泥土
那里人多地少　因此我只能
尽可能蜷缩着　占据更少的空间

我下地干活
插秧　挑粪　锄草　犁地
学会把一小块土地
像绣花一样耕种
我挣工分　结算粮草
在年终时可能会有一点点存粮

没有人教育我
也没有血浓于水的阶级感情
我是一个真正的农民
我学会了所有的农活
也学会了上工时在茅厕磨蹭

和为每一个工分血拼

离开南高桥村的时候
我没有依依不舍　也没有如释重负
三十五年后的今天　我的两手老茧
还残留着小小的三片
已经变得很薄很薄　它们可能会被我
一直带往另外一个世界

2017 年 2 月

故人不相忘

——给 EY

满世界的水
我已经无法找到一滴清澈

在混浊中度世
我们就像那些汉字一样
在简化和萎缩中面目全非
偶尔将一只手
伸进早已逝去的流水

古老的章法与古老的笔触
我们所有的仰望
都无法改变一片星空的陷落
还有没有一支笔
可以书写雪色的白?

在余下的尘世
我欠你一条河流

一个演员

演完那一出戏
她就再也没有登过台
最普通的角色和最出彩的剧目
她都不肯出演

有时候她会坐在台下
看别人演戏
一站一坐　一颦一笑
一句唱腔　一段念白
她看得有滋有味
包括演出之外的表演
包括台词后面的台词

偶尔也鼓掌
偶尔也看一下前后左右
但是从不开口　从不品头论足
就像一个
什么也没有看懂的观众

2019 年 8 月 22 日

以前的粮食

以前　我总能够触摸到粮食
在收获的季节　播种的季节
粮食在我的手指和掌纹之间
它们圆润　沉实
有时也会用芒刺刺痛我的手
和其他更深的部位

以前　我知道一颗稻粒
需要灌溉七斤四两水
我在捡拾谷穗的田野上
一直低着头
保持对每一粒粮食的虔敬和感恩

以前　我清楚粮食的重量
只要一小碗
就能让我的胸口压着一座山
在一个早春的黄昏
窒息　或者热泪盈眶

从前的粮食呀!

2010 年 2 月

给一颗星星

那时候你照耀我们
在梦幻一样蓝色的夜晚

从扁豆藤架和番瓜花的缝隙中
我注视你　长久地
看着你的光怎样把天空的遥远
播种成田野的芬芳

世界是如此喧嚣　现在
即使仰望夜空我也看不到你
我知道你还在　在最深处的黑暗中
你还照耀那些豆子一样安静的孩子

梦幻一样蓝色的夜晚哟
扁豆藤架和番瓜花下的夜晚哟

2013 年 1 月 9 日

豆 子

"瞧这些豆子哟"
初夏的傍晚　母亲说起豆子
就像说起她的
三个结结实实的孩子

豆子还没有成熟
它们在青嫩的豆荚里使劲地
伸展自己的身体
就像我们在贫瘠中　使劲地
把时光撑得满满的

十一月　当那些豆子一粒一粒
从爆裂的豆荚中蹦跳而出　一粒一粒
成为滚动着的阳光
母亲站在屋前　她的目光投向远处
投向深秋萧疏的尽头

已经捆放好的豆秸蹲伏在田野上
一再加深了大地的空旷

2013 年 3 月 26 日

立夏吃蛋

才送走五月的槐花
又到立夏

姐弟三人
母亲给每人一只
煮熟的鸡蛋

藏放在口袋中
一遍遍伸手触摸
好像谁先吃掉
谁就丢失了幸福

立夏日，我有些想念
家乡田野上的炊烟

2015 年 7 月 4 日

一件绿衣能承载多少伤痛

心之忧矣，曷维其已？
——《绿衣》

那个人离去之后
家中的锅灶是凉的　床衾是凉的
用了半生的一只酒壶是凉的
我们一伸手触摸到的诗行也是凉的

黄衬里绿丝线的绿衣哟

一件绿衣的温暖是一生的温暖
一件绿衣的忧伤是一生的忧伤
一个人离去的痛
让一件绿衣承载了两千多年

粗葛布细葛布的绿衣哟

2013 年 6 月

暮色中

此刻，最不必着急
很快夜就会庇佑我们

收拾好自己的东西
包括谷物、羊、按照神的意志
你不必归还的那一部分所有
然后在渐渐暗淡的光线中
等待和回顾

夜色将照料我们
从最近的路回家

2016 年 7 月 28 日
2021 年 7 月 15 日修改

补遗二

因为什么

因为什么我必须
承接飞鹰嘴中的一粒果栗
播种在一片漠地里等待它开花结果
就像承接我的父亲
在黎明前给我的姓名

因为什么我必须
把手中的灯盏举高　再举高
在风暴之后的夜晚
为一只鸟儿的归来彻夜不眠

因为什么　辽远的星辰啊
我曾经获得过的照耀
在你们消逝之后
寂寥的夜空还像从前一样
吸引我长久地仰望

2011 年 5 月

巨　兽

那巨兽现身的一瞬
众生灵沿水路逃亡　大海节节溃退
波浪之上和波浪之下
同样的惊恐嵌入天空多变的面孔

谁还能守住童年的海涂？
水晶般的岁月早已随帆而去
一只鹤把它的孤独
藏身于它自己的鸣叫声中

我们甚至没有试图
让巨兽后退　哪怕一步　我们已经默认
那不是我们的权利

2012 年 3 月

青石峪

在青石峪，一匹马越过山梁而来。
它可能是寻找草地，
也可能是从马群中走散。

它从我身边擦过，就像一个
流浪的行人，靠近我，试探我是不是
同行的伙伴。它身上带着山涧的气味，
野花的气味，一片灌木林中腐叶的气味。

一匹马从我身边擦过，踏着慢步
顾自离去。在青石峪，
这时候太阳正耀眼地沉落，飞鸟排着长队，
神秘飞过一片树林的上空。

2015 年 10 月

在十月

这个秋天我们注定无所事事

当谎言像真理一样纯朴
当我们建造的大厦一座一座崩塌
当我们把寄居的城市当作家园
却始终是一个局外人

站在秋风萧瑟的十字路口
我们不知道会去往何方
就像不知道那些落叶会飘往何处

2019 年 10 月 19 日

只　能

只能这样行走。只能。
在一棵树上垂挂的果实
在另一棵树上会继续生长
继续饱满和落下——
瓜熟蒂落地落下。
风不可能摇晃更多的影子。
谁穿过柳树林？谁？
一盏灯亮了。又灭了。
只能这样行走。只能。
让足迹寻找道路。让石头
寻找山。让水
寻找河流。只能这样行走。
从地底下挺身而起的人
扶着自己的墓碑，像扶着
一根手杖。夜行人
敲打城墙。彻夜不眠的响声
像谁用一把钝刀
切割夜色。只能这样行走。
草起伏不定。是我们
把谎言读成　句经典。

一匹白色的马从暗处
走向更暗处。只能。

2020 年 1 月 6 日

我只想写一写阳光

这是一个阴沉的上午
天空雾蒙蒙的一片
铅灰色的　没有比这更令人不安的
你看不出云在哪儿　但是它们
确实存在

没有风　寒冷从你无法辨认的方向
缓慢但却无比耐心地
插入你的身体　直至骨头

2020 年 1 月 14 日

2020 年 1 月的最后一天

在这一个月中我们经历了三件事
中美贸易协议签字　过年　武汉封城

我知道这只是三个孤立的事件
一次"有利于中国　有利于美国　有利于世界"的签字
一个央视春晚依然红火人们互祝健康而不是恭喜发财的年
一座让全国人民奢侈地体验了久违了的感动的孤城

假如要给这三件事排个顺序
当然是过年最大　咱是中国人
其次是武汉　最后是那洋洋数十页的协议
我没有看懂　因此可以权作它从未存在

凝视者

许多年前
一位长者告诉我，人世间的事
你第一眼看到的，常常
比你苦苦寻找深思熟虑的更为真实
比如那些遍地流淌的红色
你看到是血
它们就是血

而这个下午我一眼望去
满世界飘来飘去的白色、灰色和黑色
它们都是病毒

2020 年 2 月 15 日

菲律宾马尼拉的慰安妇雕像

她用一块布
蒙住双眼

赢弱的身体扭曲　挣扎着
保持站立　那是在支撑
本不该由她承载的重负

她不想看到那些肮脏
她遭受过屈辱　但是
她是干净的　一直干净

她替一段历史站在那儿
她替我们的母亲、妻子和女儿
站在那儿　她也替那些从未良知觉醒的
禽兽　替他们的
母亲、妻子和女儿站在那儿

她用一块布蒙住双眼
但是她直视这个世界的目光

谁也无法回避

2020 年 7 月 7 日

枷　锁

某日　有人告诉我
那其实不是与生俱来的

鸟儿比我早知道
鱼比我早知道

许多年　我们一直负重行走
从不问因为什么
一把太迟到来的钥匙
已经打不开生锈的锁

我们仍将在被放逐的路上
这是我们的宿命
今生　天空和河流都不属于我们

2020 年 8 月 1 日

从布莱顿海岬回转

树林黝黯　夜色
比我们预想的来得更快
海在另外一边　水浪的拍岸声
加深了寂静　关于狼群出没的提示牌
一再出现　像鞭影晃动
落叶松和灌木丛　你朝每一个方向
都看到一闪而过的影子
裸露的石头潮湿而光滑
总是配合着某个隐蔽的预谋
在山路上行走
你正感觉着脚下松针的柔软
突然就被横过林间小路的树根
绊了一下　像有人把你从梦境中
拽出　远处的灯火
一会儿被林木遮住
一会儿又显现微弱的亮光

2021 年 1 月

在医院老年病区

这些灰暗的憔悴的挣扎着像一蓬蓬荒草
一样晃动的面孔
他们也曾有过庞德的花季吗？

遥远岁月中的那些朋友
此刻　我是如此想念你们
像捡拾金币般把你们一一从记忆中寻回

2021 年 2 月 15 日

后 台

忽然有一种冲动
她想　能不能不上油彩就这样
素面登台

在这座剧院她演出了大半生
掌声和喝彩
都已经无法让她满足
她只想有一晚　哪怕只有一晚
真实地面对观众
也让观众面对真实的自己

走过灯光暗淡的走廊
在化妆区　她推开写有自己名字的
那扇门
只在刹那间　有一丝犹豫

2021 年 5 月 2 日

西　湖

在远山黛青色的山影与一座城市的喧哗之间
在摩天大楼与摩天大楼的缝隙之间
在一片稍显低矮而在楼顶让出一小片空间的住宅区之上
小小的小小的一角湖水
显示我所熟悉的蓝

此刻，我在一座医院第 23 层的病房窗口
我已经住院 40 多天
大多数时间只能静卧在病床　静卧在
那粉色的散发着医院特有的药水气味的床褥上
因为这小小的小小的一角湖水
我放下忧与怨，对这个世界充满感恩

2020 年 12 月初稿
2021 年 5 月 10 日修改定稿

冻 原

当羊群和草地
都已经退守到遥远的传说之中
冻土带，大河凝结亘古苍凉

落日如此迅速地下沉
它什么也没有带给这片高原

我们还有什么可以与死亡交换？
一如既往的寒冷与空阔
狼群的影子在地平线上缓缓移动

晚风止息。一柱孤单的炊烟
连接天与地的寂静

2013 年 1 月 5 日
2021 年 7 月 8 日修改

秩 序

奔跑的狼和它正在追击的一头小鹿
它们构成一片树林的秩序

白鹭和灰鹭归来，飞翔的影子
短暂地掠过天空。把鸣叫声和排泄物
撒满干净的湖水
这是一片湿地的秩序

湍急或者舒缓，我们都和一群羊
在岸边站成整齐的一排
这是一条命定的水系的秩序

2021 年 7 月 28 日

越 过

河流转弯的地方
星辰获得更多的选择

夜色脱去一件外衣
黝黯中蹲伏已久的村庄
并没有更加明亮

鹿群有计划地撤退
食槽中的马
警觉地抖了抖耳朵

2021 年 8 月 7 日

通过一座隧道

驾车进入一座隧道
我的第一感觉就是暗
不是全黑
是那种让你觉得还能够勉强行路
又不那么畅达的暗

路灯暧昧地亮着。只有朝前一条路
因此你必须小心驾驶

于是你渐渐忍受了那种暗习惯了那种暗
你以为这一路都会这样驾行
就像你的生活，活着
但是苟且，不敢越雷池一步

当隧道出口扑面而来
一片豁亮令你猝不及防

2021 年 8 月 7 日

370

急速降落的鸟

一块灰黑色的石头

当它以必死的决心撞向我们这个星球时
其实我们都知道
它的粉身碎骨什么也改变不了

但是，我们还是注视着它
紧紧盯着那个身影，一秒钟
也没有离开

2021 年 10 月

车窗外的月亮

下弦。橘红色的
半轮。随我的列车南下

大地上的灯光
时而稀疏，时而又
密密的一片
月色，这我们曾经奉为经典的光
早已构不成对它们的挑战

星星尚未升起
这给我们一个理由，对天空
保留一份
回到童年般的期待

2021 年 11 月 7 日

玉盘珍珠　无声有声

——读李曙白诗集《夜行列车》《沉默与智慧》

放下刚读的李曙白近作《夜行列车》（2014）、《沉默与智慧》（2018）两本诗集，无端记起"大珠小珠落玉盘""此时无声胜有声"两句。是呀，玉盘珍珠、无声有声，正是我此刻对于李曙白的新诗集漾动着的一些朦胧观感。

曙白诗歌的视野是比较宽广的，光点出两集中分辑标题便可作证。《夜行列车》："月全食""石头　剪子　布""夜潮""忘川""石头中的河流""夜行列车""黑陶之舞""在《诗经》中涵泳""大河以北""铜把手"；《沉默与智慧》："霜野""雾霾中的城市""风带走了自己""敲门的人""钟声与鸟""蓝茄克""民间收藏家""天上草原""在水上"。虚的实的、现实超现实、城市平原、古昔当今、身边远方，无不纷纷呈现笔下。

但李曙白的诗歌仍旧在于"怎么写"超过"写什么"，有自己显然与人有别的出色的特征。

精短。珠玉匕首般的精短，是戟刺眼球的最先。两集共约270首诗，其中10行以下的超过100首，其余多为10行至20行，只有两首最长，亦不过50行左右。诗当然不以短长论英雄，且可以短长各式各类兼备。但精短而不小气，不浅薄，总是可赞赏可追求的。

秀句。有句无篇当然不佳。有篇无句而通体浑然皆佳者可归上乘。而有篇有句谁不祈求？"立片言而居要，乃一篇之警策",《文赋》这个诗文创作要求，还是为中外古今诗人所共奉。值得注意的是曙白诗中，警策秀句不时争出，各显其妙。诸如"石头漂在水面上／而木桨沉入水底"（《谎言》），佯缪的矛盾语法，使常事出奇。"江水凉了　有人在喊／凉得咬手指了"，"把木船泊在江岸／归来的人／一身芦絮如霜"（《江边秋意》），在喻象上化平常为尖新。"十一月，秋风吹空整座山林。／是一只蝴蝶，作为最后一片树叶从高处的树枝落下。"（《十一月》）不仅是蝶、叶作喻，而且使全节诗的氛围，使诗句整体秀出。"一杯茶喝到寡淡处／才知道百味皆如水"（《荒凉》），则是生活哲理的警策。

　　沉思。善于沉思是现代诗歌先锋性的要妙所在。海德格尔反复指明："人和存在这种本源的符合，明白地实现出来，即为思。通过思，我们才第一次学会安居于存在的天命的超越之境，亦即安居于框架的超越之境。""在思中，在成为语言。语言是存在的家。在其家中住着人。那些思者以及那些用词创作的人，是这个家的看家人。"所以，在、人、思、言、词同一。看来，特色诗人李曙白在创作中，对于现实主义、浪漫主义、古典主义、现代主义、后现代主义、意象主义、超现实主义等等，不固执亦不拒斥，兼收并蓄，唯喜好又顺手用之。在诗美创造中，诗人既沉思人的社会存在境况与向人性的本真复归，又选择诗的视角、着眼点，尤其是聚焦点（即旧说"诗眼"）之所在。且看《林中》：

　　我们都已经接近那个神秘通道的入口

　　一枚果实落下　　落叶和光芒

同时照耀树荫中的路　看林人的木屋
孤独地守望渐渐远去的寂静

因为前后的差异没有相遇的两个人
他们走在同一条山路上

　　此林中的境况，既现实又超现实。"那个神秘通道的入口"
指的是哪里？或者有何象征意义？中间一节，"树荫中的路　看
林人的木屋"是具象的，可能真实存在，因而是现实的。而"落
叶和光芒"，又如何"同时照耀"呢？"看林人的木屋／孤独地
守望渐渐远去的寂静"一语最妙。"孤独地守望"的主语是"看林
人"，却被"木屋"不动声色地暗换，"寂静"又如何能"渐渐远
去"呢？哦，那是"我们"，那些寻找"那个神秘通道的入口"的
人，末节的"他们"实即开首的"我们"。"走在同一条山路上"，
"因为前后的差异没有相遇的两个人"，显然更"孤独"而"寂
静"。短短六行诗，创造了如此揪心的孤寂境界，凸显了某些先
行者、探索者现实又超现实的高傲形象。这就是诗人沉思之所
得。再看《梅》：

　　一枝梅插在画有梅花的瓷瓶中

　　瓷瓶上的梅一如既往
　　满枝是怒放的红
　　而瓷瓶中的梅还没有开花
　　只有一些花骨朵　欲开未开　很拘谨地

匍匐在褐色的枝条上

瓶中的梅花看瓶上的梅花
瓶上的梅花看瓶中的梅花
它们在一起只是漫长时光中一次
短暂的隔水相望
因此梅和梅　都努力保持着平静

浇花的人站在瓶外
他并不知道那些梅的想法

　　此诗正是以巧思深思取胜。第一句就决定了全诗：梅化身的
三种角色——瓶上梅，瓶中梅，插梅人；三者的特殊关系——陌
生而纠缠，极近而永远的遥远。"它们在一起只是漫长时光中一
次／短暂的隔水相望"，而瞬间即为永恒。中间两节是这种规定
情景的展开。末节两行切不可少，而且是一种骗人的说法。浇花
人果真"站在瓶外"，不知道"那些梅的想法"吗？"梅"便是他
一身而三任呢！这个插梅人注定是诗人。

　　虚白。《庄子》有"虚室生白，吉祥止止"（《人间世》）、"尸
居而龙见，渊默而雷声"（《在宥》）之说，我取其中近乎司空图
《二十四诗品·含蓄》"不著一字，尽得风流。语不涉难，已不堪
忧"的涵义，作为"虚白"的解释。即类似于国画家常说的"留
白"。而虚白正是曙白诗的长处和特色，也是其诗所以能精短的
法宝。如何虚白？比如《石头中的河流》：

最初是几声鸟语
在寂静中击中那块岩石

阳光剥落　水从石缝中溢出
流淌的响声越来越近

一个走惯夜路的人
驻足倾听

　　全诗都是虚化了的，所有看似实有的鸟语、阳光、水流、
声静等等，都是象征性的虚拟。诗的落脚点是末节。"走惯夜路
的人"在"驻足倾听"着什么？是"鸟语""击中"了"那块岩
石"，是"从石缝中溢出／流淌的""水"，是这几个散落点所构
成的夜的大片混茫的"寂静"。他听到了我们所听不到的无限的
夜的密语。黑少白多，以少少许胜多多许。而《鹤舞》颇显异曲
同工：

鹤在水岸
鹤以舞蹈　以独步和华丽的旋转
以引颈天空的孤傲
更深地隐藏自己

苇叶在清冷的月光下随风飘摇

那个霜夜

只有一个人听到了鹤鸣

还需要像上一首一样细说吗？我只想补充或引申两句:《鹤舞》也可以改题为《孤独》或《孤傲》；那"听到了鹤鸣"的"一个人"是谁？独舞孤鸣之鹤自身！诗人的化身！

而《黑与白》则显出不同的套路:

把一只黑手套放进黑夜
我们看不出它是黑的

多年后我还发现另一个命题
把一只白手套放进黑夜
我们也看不出它是白的

隔着遥远的岁月看那两只手套
就像看卸妆后的演员
黑与白都只是一层油彩

上两首多以现实、超现实的意象呈现，在呈现方式的字里行间虚白。这首却几乎全是叙述，多以深思与巧思造成虚白，以少胜多。三节诗，讲了三种情况:第一节，"黑手套放进黑夜"，看不出黑；第二节，"白手套放进黑夜"，看不出白；第三节，进一步解释黑白手套在黑夜中都看不出颜色的原因，是夜色，且作了个妙喻，上妆"油彩"。诗的字面少，让人想开去与想进去的要多得多。

韵味。谢赫绘画六法的首要一条是"气韵生动"。凡艺术的最上乘，皆须有生动的气韵与气韵的生动。用司空图的说法，叫作"全美""味外之旨""韵外之致"。李曙白的一些佳作即体现了对韵味余味的追求。比如《草原落日》：

　　　　落日下沉　远方弧形的地平线上
　　　　大草原以绿色的手承接这孤独的沉落

　　　　羊群还在草地上　它们专注于自己的咀嚼
　　　　甚至没有尝试改变一下面朝地面的姿势

　　　　在黑夜到来之前一片嚼草的响声
　　　　再一次加深了草原的寂静

　　无边大草原日落的素描，寥寥数笔，摄形更传神，绘声愈显静。孤独沉落中升起阔大的寂静。在这种传神寂静中泛滥着诗的韵味。
　　再如《石壁前的老人》：

　　　　他坐在石壁前

　　　　大山里的黄昏
　　　　寂静与寒冷
　　　　从每一道石缝中溢出
　　　　树与树的距离

越来越远

一只鸟耐不住孤独
高高飞起的影子
只舞动了一小会儿
便融入暮色

石壁前的老人　渐渐
沉入那块石头

　　前三节写大山、树与树、一只鸟，是诗的平台，更是氛围；
精神全在末节两行——"石壁前的老人　渐渐／沉入那块石头"，
韵味盎然，余味无穷。
　　更如《雁》：

蓦然一串唳鸣
雁阵飞过

旅途中的人抬起头
长天一碧如洗
先行者的留言
被雁翅擦得干干净净

回望风中
木门开合

上节写闻；中节写见，从地上天；末节从天落地，回归近边。"先行者的留言／被雁翅擦得干干净净"是警句，触目惊心，蕴一种大悲哀。"回望风中／木门开合"，似平淡而更精警，连大悲哀亦被消解，一切归于自然，得社会人生之道深矣，诗遂余味不尽。

精短，秀句，沉思，虚白，韵味。五个要素相互渗透，互为表里，有机统一，构成了李曙白诗美创造出色的特色。因而曙白的诗歌有着玉盘珍珠、无声有声的总体呈现，并借此在当今中国诗坛中兀然自立。

更可喜的是他仍在奋力前行。三十多年前我曾在一篇后记中说过一句自励的话，现在当然无力且不说这样的话了。不过，拿来转赠曙白还是合适的：

　　　　路漫漫其修远兮，
　　　　但愿多带几双草鞋。

洪　迪

2018 年 7 月 2 日于台州临海龙颐山麓三光鸟巢

（此文刊于《浙江作家》2019 年第 4 期）

被诗歌之光照耀着

（代后记）

　　每个人的生命之中，或许都会被一束光照亮，对曙白而言，上苍赠予的那一束光，就是诗歌。

　　我敬爱的先生李曙白，出生于 1949 年 4 月，江苏如皋人。1968 年高中毕业后插队农村 8 年，其间担任小学代课教师和民办教师近两年。1976 年回城后在南通市铜材厂做车工学徒。1977 年参加"文革"后第一届高考，就读浙江大学化工系七七级，1982 年 1 月毕业后留校，先后在校团委、校报编辑部、电教新闻中心，从事过编辑、教育电视编导、校史编写与研究等工作，系中国作家协会会员。即便 2009 年退休了，他依然笔耕不辍，主持或参与编撰与浙大校史相关的图书多种。

　　曙白的父亲、国内著名诗人沙白（曾任《萌芽》编辑）启蒙了曙白对文学尤其是诗歌的热爱。我初中时抄写过沙白的著名诗作《大江东去》，在与曙白结婚数年后，一次搬家整理东西时偶然发现，至今还记得当时的惊喜之情。

　　曙白自 20 世纪 70 年代于农村插队期间就开始写诗并发表。8 年漫长艰辛的农作，又被"家庭出身不好"熄灭了人生希望的曙白，曾经对我说，"是诗歌让我没有堕落"。可惜这失去的 12 年（加上务工 4 年）是天生聪慧的曙白最最宝贵的青春年华，不仅如江水空流，影响了他的人生选择，也在他的文学作品中隐约留下了阴影。

曙白和我均因参加首届高考，从知青"一步登天"被录取入大学七七级。经历了十年"文革"的动乱和农村插队的打磨，我们在大学如饥似渴地学习各种知识。记得曙白曾经说过，他高考时本来中意于南京大学中文系，可惜南京大学中文系七七级未招生。又因喜欢数学，曾想报考浙大数学系，亦因当时认为"老三届"年龄偏大难有建树被婉拒。于是，曙白就读了浙大化工系（他舅舅亦毕业于该系）。

紧张忙碌的学习压力，难挡他诗歌的灵感频频——"我越是要考试，诗歌的灵感就越多"，常听曙白笑呵呵地回忆。浙大朴素的"求是"校风如春风浩荡，助青年学子们意气风发、各展才华。学生时代，曙白任学生刊物《求是园》的编辑，兼任诗歌组组长。留校之后，曙白主持《浙江大学报》文艺副刊，吸引了热爱文学和诗歌的各届同学在此发表作品，挥洒青春的激情，也使曙白结缘了热爱诗歌的各届校友，彼此分享着诗歌创作的成果与快乐。

工作之余，曙白涉猎各种图书，研读古典诗词及国内外现当代诗人的诗作、诗歌评论等，思考并一直创作着。家里到处都是小纸片，他用娟秀而潦草的字迹写下了他的创作灵感、读后感、创作计划等。曙白（偶用笔名黎庶、江犁等）于20世纪70年代即在十余种报刊上发表诗歌、散文诗、短篇小说、诗歌评论、国外诗歌翻译等千余篇，如《诗刊》《星星》《诗潮》《散文诗世界》《扬子江诗刊》《绿风》《萌芽》《江南》《东海》《西湖》《诗建设》等。至今已出版个人诗集《穿过雨季》（1995年）、《大野》（2004年）、《夜行列车》（2014年）、《沉默与智慧》（2018年）、《临水报告厅》（2018年）5种，以及其他作品集5种。曙白提起诗歌总是眼睛发亮，"写一首诗可以高兴好几次，写完诗时，寄出稿子时，诗歌发表时，出集子时，获奖时"，洋溢着孩童般的纯真的喜悦。

曙白的诗作入选 20 余种选集，作品获多种奖项，如其立意反思"文革"的诗歌《山、谣曲及其他》获得 1984 年度《萌芽》年度作品奖和首届杭州市文学奖；诗集《沉默与智慧》获 2018—2020 年浙江省优秀文学作品奖。曙白的《在餐桌上说起小平》，首发于《诗刊》（2004 年第 15 期），又被选编入《中国出了个邓小平——纪念邓小平百年诞辰诗歌摄影集》和《跨越：纪念中国改革开放三十年诗选 1978—2008》，并在 2004—2010 年三次成为如"小平，你好——纪念邓小平诞辰 100 周年大型文艺晚会"等的朗诵节目。

曙白退休之后，诗歌更加成为他生活的重中之重，他几乎每天都在为诗歌忙碌着。2010 年起曙白参与创办杭州民刊《诗建设》（季刊），任首任社长。编辑部兼职人员有胡澄、泉子、胡人、江离、飞廉等，都是一些才华横溢、和善帅气的年轻诗人，个个都有诗作和诗集问世。他们共同创办栏目，编辑刊物，一般每个月聚会一次，选定、编辑好来稿，就会到周边用餐，相处无比融洽。曙白还负责杂志社的财务，总见他发稿费并一笔一笔仔细地记账。《诗建设》自创刊至今已 13 个年头，得到了诗歌界很高的评价。杂志的出品人、诗人黄纪云先生不仅亲自规划杂志的办刊方向，同时一直源源不断地为刊物的发展提供着资金等物质保障，坚持至今，实属不易。《诗建设》还组织了多项具有影响力的活动，包括设立《诗建设》诗歌奖，并于 2013 年和 2016 年分别将主奖颁给了诗人张曙光和多多，在诗歌界获得了极好的声誉和口碑。

曙白重病期间承蒙《诗建设》同人来家探望。曙白因癌症离世尚未满月，即承蒙黄纪云先生和《诗建设》同人操持，邀请了诗人、学者、画家及曙白的校友和朋友们40余人，在杭州君悦酒店举行了"穿过黑夜——李曙白诗歌朗诵会"（2022年8月22日）。朗诵会由泉子主持，未能到场的唐晓渡老师、耿占春老师远程致辞，朋友们朗诵了自己的诗作或曙白的诗作，真诚地缅怀曙白。大家对曙白辞世的痛惜，不仅使当时身陷悲伤的我深感温暖和慰藉，还使女儿李燕南（留美哲学博士）心灵大受震撼，萌发诗意，于次日凌晨写下了人生最初的3首诗，其中一首写道："每个人的死亡都是一个谜／谜底是生者心头的锁／他爱过我吗？／他是否还有遗憾？／如果当初这么做，结局是否有所不同？／那些沉重的墓碑和骨灰盒／没有解答的义务／／死亡，是我们留给所爱之人的／最后一场恶作剧。"（《死亡是一个谜——赠沈苇兄》）时隔不久，《诗建设》2022年第二卷做了纪念专号，在开卷发表了"李曙白的诗"23首和相关诗歌评论《穿过黑夜——读李曙白的诗》（耿占春）、《倾听意义的意志——李曙白诗歌读札》（纳兰）。以上种种，令我和女儿不胜感激、永铭于心。

曙白还应校友之邀，以逾70岁的"高龄"，主持了某自媒体专栏"一日一诗"近五年（2016年1月5日至2020年11月17日），使其逐渐集聚了诸多海内外诗人和诗歌爱好者们，影响力日益扩增，单日阅读量最高时达12.5万人次。曙白为专栏呕心沥血、终日辛劳，其工作量之大，常人难以想象：如需每天约稿、收稿、审稿并与作者沟通改稿（包括诗歌和诗评），与投稿落选者好言沟通。他时不时地看着微信，关注着庞大的作者群的来稿或读者群的反应。尤其每逢周五要递交下一周的诗稿去朗读配音的前夕，必定看见曙白夜深人静仍伏案写作，我屡屡催他休息，问他在写什么，他总是略带歉意地告诉我，因某入选诗作缺乏诗评，时间紧，已来不及请他人写，只好自己代笔了。就连出国旅游，也必定提前将旅游期间要发表的诗稿赶出来寄走。曙白病逝后，我打开他的"一日一诗"稿件，逐篇看去。一般"一日一诗"为示尊重并帮助扩大作者影响力，每首诗歌均附诗作者与诗评作者的介绍；但其中未附任何介绍的诗评者名字（疑是曙白化名），我粗略统计，仅2018年就有近50个（如其中署名亦铭者写的诗评达23篇；另有署名为蓝田、青溪、白沙等，与浙江大学紫金港校区的学园名称一致，猜想也是曙白的化名）。我因担心过劳损害他的身体健康，曾经多次委婉地劝他歇手别干了。曙白在2020年11月6日首次大手术（浙一医院院长称医院手术难度排第二），准备的诗稿竟然至11月17日！曙白几乎用自己的生命，为诗歌和他人燃烧着，令我每每想起他因周期性地深夜在电脑前伏案忙碌而日益消瘦的身影，禁不住内心痛楚涌动、轻轻叹息。

"一日一诗"也使曙白常常感到"有诗自远方来，不亦乐乎"，结识了不少挚爱诗歌或喜爱曙白作品的朋友。曙白乃谦谦君子，宅心仁厚，尤其重视提携打工者和少数民族的诗人们，帮助他们借创作诗歌发出自己的声音，增添生命的喜悦。"一日一诗"的作者和读者还远至海外华人群。在听闻曙白离世的消息之后，由居住海外的天端女士和杨景荣先生主持编辑了《向死而生——当代全球诗人诗集第十四集(悼念诗人李曙白专辑)》，"本期汇集了七十余位诗人，朗诵者的诗歌八十余首。本期特辑表达我们对诗人李曙白深深的敬意和哀悼"。天端女士还为曙白告别会发来挽联——"才华绚曙光　诗魂洁白云"（随伴《远方的诗》海内外三百余位诗友诵友签名录），令我当时热泪盈眶！许多自媒体还纷纷致辞并发表曙白的组诗，表达了对曙白的深切怀念。我及女儿谨在此向曙白的诗友诵友们致以深深的感谢！

　　曙白重病之后，上苍借诗歌赐予他的那束光的能量更加强大了。从他首次手术至离世的 20 个月中（2020 年 11 月至 2022 年 7 月），在两次手术、两次化疗、每周数次奔赴医院做生化检测并配药的间隙，曙白以顽强的意志忍受着病痛的残酷折磨，但他的诗歌创作力旺盛，创作新诗达 269 首，还修改了不少作品，厘清了他一本新文集、两本新诗集的框架和选稿。虽然渐渐临近生命的终点，心灵却充盈、宁静，充满喜乐和盼望。他新创作的诗歌变得日益温暖而明亮。为曙白整理诗稿出版时，他的新诗使我一读再读，不忍释手，创痛渐减，深深获得慰藉，仿佛曙白没有离去，依然陪伴在我身旁温暖着我。每当我走入曙白取名的紫金港校区和启真湖边，触景生情，总会仰头望向天空，寻找着曙白的目光。

　　曙白虽然辞世了，但我深深地感谢浙大任少波书记一直给予我们夫妇的关怀与帮助。非常感谢浙一医院梁廷波书记，杨云梅、张勤、赵晓红三位主任和夏春英大夫，感谢你们的精心治疗延长了曙白的生命。我还由衷地感谢曙白重病期间前来陪护或探望、代祷，以及冒着酷暑前来参加告别会的曙白的同学们、校友们、同事们和朋友们，你们对曙白的深情厚谊令我和女儿感激不尽、永铭在心。

　　本次出版的"李曙白集"由《大野》《窄门》《场所》三卷组成，前两卷为诗集，后一卷为文集。很多人为曙白三卷本的出版提供了帮助，我在此向他们表达诚挚的谢意。

　　首先我要感谢曙白的学生马越波和郑勇，在我先生去世之际，于繁忙之中伸出援手相助，以他们的经验，精益求精地编辑了曙白的文集和诗集；而且还耐心地等待，同时又小心翼翼地推动着我从丧夫之痛的抑郁、焦虑之中解脱出来，投入编书任务之中，保证了出书的进度。与曙白诗稿的终日相伴，使我心灵得以滋养复苏。非常感谢他们的耐心、理解和帮助，以及他们付出的时间与精力。

　　我非常感谢刘东先生特意为诗集写了序《我从曙白诗中读到的》。也非常感谢唐晓渡先生、洪迪先生、耿占春先生等同意将他们精彩的诗评《一代人的写作和李曙白的诗》《玉盘珍珠　无声有声——读李曙白诗集〈夜行列车〉〈沉默与智慧〉》《穿过黑夜——读李曙白的诗》《翔飞的匕首——读〈李曙白诗选〉》收入本次诗集。

　　非常感谢那些补充资料及阅读后提出改进意见的人，如吕梦醒、泉子、胡人、江离、王雯雯等等。我尤其感谢卢绍庆老师，提供了很多为曙白拍摄的传神的照片。

　　非常感谢浙江大学出版社褚超孚社长、闻晓虹编辑、杨利军主任为"李曙白集"的出版提供的很多帮助，能够在母校出版社出版曙白的作品集真是令人欣喜。

　　衷心感谢浙江大学学生新闻社（浙大校刊记者）83级至91级学生王敏、宣兴茂、褚晓云、杨文安、陈文旭、齐守峰、郑勇、马越波给予"李曙白集"出版的资助，他们和曙白的师生情谊永不消失。

我还要感谢我的父母亲，感谢他们对曙白的爱和对此次出书事务繁忙的理解。因为我和父母均在2022年12月中旬感染新冠病毒，93岁的老父亲从此病重卧床不起，我自己也在1月初因病毒攻袭心脏而住院治疗。若非父母时时支持，给我时间与精力，我委实难以投入相关事务。

我亲爱的女儿在爸爸首次癌症手术时及时赶了回来，一边陪伴爸爸一边远程工作，将近6个月才依依不舍地离去。又在爸爸最需要她时再次赶回国陪护和送行。曙白生病期间，女儿还协助我到处发函联系美国的医生，为爸爸努力寻找最新最好的医疗方案，替我分忧解难，使我每每想起，眼角就泛起了泪花。此次"李曙白集"三卷封面的素描，亦系女儿用AI软件设计制作。

生命从来都是息息不止的，我感恩上苍将诗歌之光赐予了曙白，使曙白度过了心灵充盈的一生，能够自由自在地用"我笔写我心"。正如女儿所言，"只要爸爸的诗歌被人传颂，爸爸就鲜活着"。

李　影
2023年8月17日

编后记

受李曙白师的生前委托，在师母李影女士的指导下，我和郑勇分别编定了"李曙白集"的诗集《大野》《窄门》和文集《场所》，现就诗集的编辑情况说明如下。

诗集《大野》前五辑完全按照曙白师2021年11月整理编定的稿件。曙白师写于2021年11月前且未自选编入两本诗集的作品，我与师母讨论选择36首，编定"补遗"两辑，放在《大野》最后。

诗集《窄门》前十辑完全按照曙白师2021年11月整理编定的稿件。曙白师写于2021年11月后的作品，大部分保留在2021年10月至2022年3月每月一份的电脑文档里，这些后期作品都未自选编入两本诗集。我与师母讨论选择18首，编定"补遗"一辑，放在《窄门》最后。

诗集《大野》的编校，主要按已出版的五种诗集，仅修改曙白师定稿中由于输入法造成的几个错字。诗集《窄门》的编校，主要由编者通读，并参照《李曙白诗选》（吕梦醒编选）。

2022年7月，曙白师离去前一周，我们视频连线，李老师说"再见了"，我看着他说不出话，嘟囔了一句我们以后再见，我不知道他是否听到。我们彼此望着，他的眼角渗出泪来。

这套诗文集的编辑出版，我和郑勇虽战战兢兢，想努力做好，可我知道自己才疏学浅，且大半年来世事变幻，终不能静心相待，不当之处，望读者指正。

　　又，两本诗集中序和附录的选用，基于曙白师生前愿望以及我和郑勇、师母三人的商议。诗集前面的照片均由师母选定。

马越波
2023 年春分

图书在版编目（CIP）数据

大野 / 李曙白著. -- 杭州：浙江大学出版社，
2024.1
（李曙白集）
ISBN 978-7-308-24321-6

Ⅰ．①大… Ⅱ．①李… Ⅲ．①诗集－中国－当代
Ⅳ．①I227

中国国家版本馆CIP数据核字(2023)第213086号

大　野

李曙白　著

责任编辑	闻晓虹
责任校对	张培洁
封面设计	项梦怡
出版发行	浙江大学出版社
	（杭州市天目山路148号　　邮政编码　310007）
	（网址：http://www.zjupress.com）
排　　版	杭州林智广告有限公司
印　　刷	杭州宏雅印刷有限公司
开　　本	880mm×1230mm　1/32
印　　张	13.125
插　　页	4
字　　数	219千
版 印 次	2024年1月第1版　2024年1月第1次印刷
书　　号	ISBN 978-7-308-24321-6
定　　价	76.00元